LAURENT
CHIAMBRETTO

Belle de Match

Sixième(s)

CHAPITRE 1

Ses yeux me fixent avec un intérêt grandissant.

Une intensité palpable.

Elle, divine, une quarantaine d'années, assise dans ce bus bondé.

Moi, debout, à côté d'elle.

Cinquante ans aujourd'hui. Eh oui, cinquante. Avec la Providence qui vient me murmurer en ce jour si symbolique : *Roger, Roger, l'Amour frappe à ta porte. Prends ce cadeau inestimable et laisse entrer le bonheur.*

Au moment où on s'y attend le moins. Pile le jour où le mot demi-siècle t'envoie pourtant aux confins de la jeunesse. Comme pour te susurrer que rien n'est figé, rien n'est impossible.

Un coup d'œil furtif est jeté à mon reflet dans la vitre : un visage allongé, des boucles blondes et désordonnées, un regard bleu mélancolique et une cicatrice sur le menton, souvenir récent d'une marche d'escalier ratée.

Est-ce vraiment moi qu'elle regarde... ?!

Par souci de prudence, une discrète vérification est effectuée. Au moins pour m'assurer que ce n'est pas un bellâtre, à côté, qui fait l'objet de ses nombreuses œillades. Mais rien, absolument rien, à part des gens ternes, collés les uns contre les autres, et un nourrisson faisant regretter à sa mère de l'avoir mis au monde.

Peut-être bien que...

Je prends alors une grande inspiration, puis mon regard vient se plonger dans sa direction. Timide, hésitant mais plein d'espoir. À l'inverse, elle me fixe, tour à tour décomplexée et souriante, puis se lève et se dirige subitement vers moi.

Mon cœur tambourine, ma gorge est sèche, le temps s'arrête. Peut-être parlerons-nous encore de ce moment unique dans vingt, trente ans lors de nos repas de famille. Je prendrai la parole, entourant d'un bras protecteur ma dulcinée et raconterai, une millième fois, malgré les protestations amusées de nos enfants, notre rencontre intemporelle. *Et c'est à ce moment-là que votre mère est venue me voir et que tout a démarré,* ajouterai-je, encore ému par cette offrande de la vie, même après plusieurs décennies.

Notre fiston m'interrompra, faussement désabusé : *Arrête Papa, on a droit à la même histoire à chaque fois !* Je lui sourirai avec toute la complicité père-fils qui nous liera et rétorquerai : *Écoute, Charles...*

Oui, on l'appellera Charles. J'ai un faible pour ce prénom éternel et historique. Enfin, un faible surtout pour Charles Ingalls, mon héros de jeunesse, un homme juste qui incarnait la force tranquille et veillait en patriarche sur Marie, Albert et Laura.

Ah, Laura... Laura Ingalls, ses petites couettes, son sourire espiègle et ses taches de rousseur. Mes premiers émois de gamin, mon premier coup de foudre de primaire. Attention, ça ne veut pas dire qu'on appellera notre fille Laura. Une réflexion sérieuse avec sa mère s'imposera sur ce choix. Il devra faire l'unani...

– Monsieur...

Ma future moitié me fait revenir à la réalité.

Je la fixe. Elle me fixe. Nous nous fixons.

Chacun de nous est prêt à jouer sa partition, à vivre ce moment d'éternité.

– Monsieur *(petite pause)*, je peux...

(Mais oui, tu peux tout faire de moi !)

– Je peux passer, s'il vous plaît ?

(Hein ?!)

Mes yeux s'écarquillent. Dans la foulée, elle me contourne prestement, puis claque la bise à une femme placée derrière moi.

– Il me semblait bien que c'était toi, lui dit-elle avec enthousiasme, qu'est-ce que tu deviens depuis le temps ?!

Le soufflé de l'amour retombe aussitôt. Je me retire, comme Napoléon sur l'île d'Elbe, tout à l'arrière du bus. Sans un mot, digne et droit comme un I. Avant d'apercevoir l'arrêt prévu. Encore sous le coup de la déception, j'appuie fermement sur le bouton « arrêt demandé ». Rien ne s'affiche. Je réessaie une nouvelle fois, puis une autre. Encore plus agressivement. Toujours rien. Et l'arrêt qui se rapproche dangereusement. Un timide *s'il vous plaît*, accompagné d'une main levée s'échappe en direction du chauffeur.

En pure perte.

Et ce bouton qui ne marche toujours pas.

Et l'arrêt qui n'est plus qu'à cinquante mètres.

Et le prochain arrêt qui est à plus d'un quart d'heure.

C'est pas vrai, mais c'est pas vrai !

– Stoooooooooooooppp !!

Toute l'énergie du désespoir teintée de colère passée vient se concentrer dans ce hurlement vibrant et rauque. Le chauffeur pile d'un coup, les gens se retrouvent les quatre fers en l'air et le nourrisson redémarre avec vigueur son concerto en Céline Dion majeur.

Tous les regards convergent vers moi, unis et unanimes.

Pas spécialement des regards encourageants ou admiratifs, selon les premières estimations. Sans demander mon reste, je sors vite fait, bien fait du bus, et me dirige, crinière au vent et humeur de dragon, vers l'appartement de ma mère.

CHAPITRE 2

Au bout de quelques minutes de marche, mon énervement diminue.

Enfin, un petit peu.

Puis l'immeuble maternel apparaît. Mes pas ralentissent. L'intégralité du quartier est visualisée avec tendresse : la tendresse du mec ayant passé toute son enfance ici. Le tabac-presse où j'allais chercher religieusement le *Télé Star* de ma mère, la boulangerie où se cachaient des trésors de guerre comme des pailles à la poudre acidulée, des rouleaux de bonbons, des Malabar ou des sucettes sifflets. La bibliothèque, squattée tous les samedis après-midi, pour lire les BD et mater les filles au lieu de faire les devoirs, ou la cage d'escalier reconvertie en but de foot et lieu de torture pour les boîtes aux lettres mitraillées par nos shoots. Au grand dam, d'ailleurs, de la gardienne de l'immeuble, toujours prête à nous prendre sur le fait mais jamais assez rapide pour y arriver. Cela semble s'être passé hier. Et pourtant...

Gros soupirs.

♫ Où sont passées nos plus belles années ?

Elles s'éloignent lentement ♪♪

Lentement, mouais, disons plutôt spectaculairement.

Gros soupirs *(bis)*.

Une fois dans l'immeuble, l'escalier est privilégié au détriment de l'ascenseur. Très certainement ma récente prise de conscience sur l'importance du sport.

Ou peut-être bien le fait que l'ascenseur soit en panne. Les quatre étages sont (piteusement) gravis. J'essaie ensuite de redonner aspect humain à mon jean et tee-shirt collés à ma peau après cet effort intense, puis sonne à la porte.

Pas de réponse.

J'insiste.

Toujours rien.

Mais qu'est-ce qu'elle fait ? Elle n'a quand même pas oublié mes cinquante ans, ni notre repas au restaurant. J'hallucine. Ce n'est pourtant pas son genre. À moins que, à moins que...

Une horrible pensée me vient à l'esprit. Vite, le double des clés est sorti. La porte s'ouvre, béante, et fait place à une pièce sombre et silencieuse.

Flip intégral.

Si ça se trouve, elle gît quelque part, inanimée. L'interrupteur est cherché, anxieusement. Impossible de le trouver dans la pénombre. Mais comme par magie, la pièce s'allume d'elle-même. Un groupe de gens, sorti de nulle part, se dresse devant moi et hurle un tonitruant *SUR-PRI-SE,* perforant mes tympans et mon self-control. Pris de court, je laisse échapper un cri apeuré aussi sonore que le leur. Cela a le don de faire taire tout le monde.

Léger moment de flottement général, vite interrompu par ma mère.

– Surprise, mon chéri.

(Tu m'étonnes.)

Les battements de mon cœur en profitent pour redevenir réguliers. L'infarctus a réussi à être évité, ce qui, ma foi, est plutôt une excellente nouvelle pour garder l'ambiance festive.

– Tu ne t'y attendais pas, hein ?

(Ça s'est vu, non ?)

Un sourire poli lui fait office de réponse.

Je scrute chaque invité. Il y a, bien évidemment, ma mère. La seule, l'unique, l'indispensable, l'omniprésente Mamma. Celle qui n'a pu retenir les hommes importants de sa vie et compensé avec un surdosage affectif sur ses enfants.

Pas de chance, je suis fils unique.

Norbert, également. Le fidèle Norbert, partenaire de tous mes délires, joies et peines ados et adultes. Pas toujours une fine fleur mais toujours présent quand on a besoin de lui.

En général, il n'y a qu'eux et Yves Rocher pour me souhaiter mon anniversaire.

Je continue mon inspection. Une brochette de septuagénaires me dévisage avec affection. Toutes les amies de ma mère. Aucune ne manque à l'appel. Un casting royal...

Un gars boudiné s'approche alors de moi, le sourire béat :

– Tu me remets, Roger ?!

(Absolument pas.)

– C'est moi, Arthur. Arthur Genesson.

– Mais bien sûr... Arthur ! Quelle surprise ! T'as pas changé d'un poil !

(Si l'on occulte le tour de taille passé de coton-tige à bouteille d'Orangina.)

Nous nous faisons une accolade. L'un de mes meilleurs potes depuis le collège. Toujours prêt à déconner et raconter des conneries. Le portrait type du mec se foutant des convenances et ne prenant jamais la vie au sérieux. Un vrai ami, porté disparu après avoir rencontré sa femme et fondé sa famille. Comme tant d'autres.

Suite des invités.

Un couple, inconnu au bataillon. Il s'agit en fait de Léonard et Stéphanie.

Léonard, mon meilleur copain de primaire, devenu apprenti con au collège. Et con de compète au lycée. Première grosse erreur de casting de ma mère.

Passons vite aux autres.

Cette jolie femme en tailleur, tout en retrait du groupe, aux bras de cet homme distingué. Ne serait-ce pas, ne serait-ce pas... Non, pas possible. Pas Gaëlle. Pas celle qui m'a déchiré le cœur au lycée. Et pourtant.

– Ça fait longtemps, Roger, me dit-elle, doucement.

(Mais qu'est-ce qui a pris à ma mère de la faire venir ?!)

– Plus de trente ans, en effet, répliqué-je, mal à l'aise.

Gros blanc. Elle me présente l'homme à ses côtés : son mari. Je le salue mécaniquement, encore sous le choc, puis me mets légèrement en retrait.

Ma mère en profite pour apporter un buffet XXL sur la table : petits fours, cacahuètes, charcuterie, alcools et sodas. En cas d'attaque nucléaire, on pourra tenir le siège un certain temps.

Je tente ensuite de faire la conversation aux invités et commence directement par l'Everest : Léonard.

Leçon en trois temps pour celles et ceux désirant apprendre l'amorce de conversation.

– Alors, Léo...

Emploi d'un diminutif cool pour installer un semblant de convivialité.

– ... qu'est-ce que tu deviens...

Suivi d'un vif intérêt – formation Actors Studio pour le jeu de la sincérité – sur son parcours de vie.

– ... mon ami ?

Et conclusion, avec mot affectif fort pour lui signaler (finement) que ses années de gros con ont été effacées de mes souvenirs.

– Bah, écoute, ça va plutôt bien, me répond-il en se redressant fièrement dans son costume étriqué. Même très bien. La vie m'a récompensé *(il se tourne vers celle qui l'accompagne)*. Viens nous rejoindre, Cœur ! *(puis me fixe dans les yeux)*. Déjà avec Stéphanie, ma femme, mon ange, mon alter ego, mon tout, celle qui m'a donné deux superbes enfants *(il la fait tourner sur elle-même, fier comme un Golden Boy s'étant offert une Carrera)*. Je ne remercierai jamais assez la vie de nous avoir fait nous rencontrer.

– Et aimer dès le premier regard ! renchérit mielleusement sa moitié.

– C'était une évidence, Cœur. Le destin voulait nous voir réunis.

(Waouh ! Même Les Feux de l'Amour *n'auraient osé pareille niaiserie.)*

– Puis, sinon, pour la partie pro, poursuit-il, inarrêtable, j'ai créé ma société assez jeune et ma passion de la performance m'a valu une ascension foudroyante *(il décoche un sourire d'autosatisfaction aussi flippant que celui de Nicholson dans* Shining*)*. À croire que les fées se sont penchées sur mon berceau.

(Bon Dieu ! le mec est pire qu'avant.)

– Maintenant, ajoute-t-il, poursuivant son hymne à sa gueule, ma boîte SoFrutas compte une vingtaine de salariés, travaille à l'international et est devenue une référence dans l'import-export fruits...

(Le melon, très certainement, non ?)

– ... et légumes frais. Voilà... une vraie réussite... limite *success story*, me dit mon entourage *(il reprend le sourire de Nicholson.)* C'est un peu exagéré. Mais en même temps, pas tant que ça... Mais bon, arrêtons de parler de moi. Que deviens-tu, toi ?

(Bordel ! la question redoutée.)

– Bah, écoutes, tout va bien de mon côté.

(Si tu mets de côté mon désert affectif et ma proximité avec France Travail.)

– Ma vie se passe... bah, ma vie se passe plutôt bien *(petit blanc)*.

(Vite trouver quelque chose pour esquiver le truc.)

#idée

– Ah, attends, excuse-moi... *(je fais un hochement de tête en direction d'une personne fictive derrière lui)*. Ma mère me fait un petit signe en cuisine. Je vais aller la rejoindre. Vraiment désolé. On reprend avec plaisir notre conversation tout à l'heure.

#TeamPinocchio

Sans lui laisser le temps de comprendre, je me dirige vers la cuisine.

Excellent timing, malheureusement terni par l'apparition de ma mère sortant, comme une fleur, des... toilettes, juste devant lui.

Il écarquille les yeux de surprise, puis d'incompréhension.

Les joues empourprées, je bafouille : « Ah bon bah, cela devait être quelqu'un d'autre qui m'a appelé », puis reprend courageusement mon chemin vers la cuisine, en essayant de me persuader que ma (pitoyable) pirouette a fonctionné.

Moment choisi par Norbert pour sortir de ladite pièce : « Qu'est-ce que tu fous là, ma couille ?! Ta mère veut pas te voir dans la cuisine. On te l'a déjà dit cent fois, y a tous tes cadeaux là-dedans ! »

Et le tout susurré aussi doucement qu'une sirène dans la nuit silencieuse.

Instant *live* de solitude, avec en prime le regard furax de Léonard s'abattant sur moi comme une kalachnikov sur sa cible.

CHAPITRE 3

Deux heures se sont écoulées, deux longues heures.

Ayant compris l'objectif de ma manœuvre, Léonard exhibe maintenant son dédain. Norbert, quant à lui, raconte sans (aucune) lassitude ces dernières blagues sous la ceinture. Gaëlle n'a toujours pas eu droit à plus de trois phrases de ma part. Ma mère alterne entre gestes tactiles affectueux à mon égard sans aucune discrétion et phrases philosophiques du style *Le temps passe si vite, Et dire que mon bébé a maintenant cinquante ans* ou *Il était tout mimi petit avec ses p'tites joues potelées.*

Quant à Arthur, il me parle en long et en large – l'expression n'a jamais aussi bien porté son nom – de chacun de ses mômes. Scolarité, hobbies, anecdotes familiales, colonies de vacances, photos en veux-tu en voilà. Rien ne m'est ~~épargné~~ caché.

Bref, je me sens aussi à l'aise dans cette fête qu'un trader échoué dans une tribu de Papous. Seul l'enchaînement de quelques substances alcoolisées m'aide à tenir.

Soudain, la lumière s'éteint.

La pièce est plongée dans le noir. Nouveau guet-apens en vue.

Quelques bougies scintillent alors, au loin, suivies d'une envolée vocale (collective), bonne à se pendre sur place.

♫ Joyeux anniversaire,

Jo-yeux an-ni-ver-sai-re ♪♪

Sourire crispé pendant le chant, j'attends patiemment la fin du supplice.

♫ Joyeux anniversaire Ro-ger,

Joyeux aaanniversaaaiiire ♪♪

– Merci, merci à v...

♫ Happy Birthday to you,

(Ah bah, ça recommence...)

Hap-py Bir-th-day to you,

Happy Birthday to you Ro-ger,

Haaappy Birrrrthdaaayyy to youuu ♪♪

(Espérons qu'ils ne soient pas trilingues.)

Petit moment d'attente.

La lumière revient.

Il semblerait que la chorale soit bel et bien finie.

– Merci à vous, m'exclamé-je, en souriant. Le gâteau est vraiment superbe ! Vraiment merci.

– Et maintenant, enchaîne tendrement ma mère, il faut que tu souffles tes bougies.

Je me mets en position fléchie derrière le gâteau. Tout le monde a les yeux rivés sur moi, avec le smartphone prêt à immortaliser la scène. Même Léonard a dégainé le sien, mais je le soupçonne plutôt d'espérer que mon sourcil crame en m'approchant trop près des bougies.

Pendant ce temps-là, Norbert en profite pour lâcher une petite blagounette originale : « À ce rythme-là, y aura plus assez de place pour mettre les bougies sur le gâteau. »

Rire général dans l'assemblée.

Non, je déconne.

Juste quelques sourires polis.

J'aspire le maximum d'air, presque stressé devant cette ribambelle de téléphones, puis souffle tous azimuts sur les bougies du gâteau. Aucune n'en réchappe. Tout le monde m'applaudit chaleureusement comme si je venais de marquer en finale de la Coupe du monde. Et je m'applaudis également de manière quasi enthousiaste. À ma grande surprise, d'ailleurs.

Est-ce par mimétisme ? Est-ce la fierté inconsciente d'avoir aligné toutes ces bougies d'un seul et même coup ? Ou un simple relâchement des nerfs, comme ceux chopant un fou rire nerveux lors d'un enterrement ?

Bon, peu importe. Cela signifie surtout que cette petite fête touche à sa fin.

Merci maman de l'avoir organisée, mais réinviter le passé n'est pas toujours une bonne idée. Mieux vaut parfois rester avec ses souvenirs et éviter de les confronter au présent. Je jette un coup d'œil discret vers Gaëlle. Si j'avais osé l'inviter à la soirée post-bac, peut-être serait-ce moi à son bras...

Ma mère et Norbert en profitent pour sortir du sanctuaire de la cuisine, avec des cadeaux plein la hotte. Me voici de nouveau au centre de l'attention. Tout ce que je n'aime pas. L'opération « déballage de cadeaux » démarre.

Une bouteille de whisky, pour commencer, venant de Gaëlle et son mari.

Suivie d'une BD, *Le guide de la cinquantaine,* offert par Arthur, et d'une carte cadeau des ~~Spice Girls~~ amies de ma mère.

Au tour maintenant de Léonard, a priori, vu son regard (soudainement) moins indifférent à la situation. Je déballe le paquet. Peut-être bien une carte de fidélité de SoFrutas octroyant un artichaut offert pour neuf achetés.

Et bah, non.

Encore pire que ma (vile) pensée. Sous mes yeux apparaît un tapis de bain blanchâtre avec le logo jaune fluo SoFrutas échoué en plein milieu.

Le mec a osé m'offrir un objet publicitaire de sa boîte, certainement un vieux truc traînant au fond d'un carton et lui permettant à la fois de ne rien dépenser et de se faire de la pub. Du grand art et de la goujaterie, associés au plus haut niveau. Je lui adresse un hochement de tête agrémenté d'un remerciement faiblard. Il acquiesce silencieusement.

– Alors, ça vous plaît ? intervient ~~Cœur~~ sa femme.

(Oui, presque autant qu'une marmotte empaillée.)

– Bien évidemment ! m'empressé-je de lui répondre.

Ça sonne faux mais cela permet de passer à autre chose.

À ma mère qui me tend, émue, un minuscule paquet.

Je l'ouvre, un peu tremblant, au regard de son émotion poignante. Une clé USB fait office de cadeau. Elle me désigne sa nouvelle télé.

– Connecte-là sur le côté.

Se rappelant qu'elle s'adresse plutôt à un expert de la télé à tube cathodique, elle confie finalement cette mission à Norbert qui connecte la clé. Un fichier nommé *Film Roger 50 ans* apparaît aussitôt sur le téléviseur.

– Tu veux qu'on le visionne ? me questionne, tout de go, ma mère.

– Avec grand plaisir.

Un tsunami d'émotions vient alors me submerger durant la projection. Du pur montage de titan puisé dans nos caméras super 8 et caméscopes. Toute mon enfance et adolescence résumées dans ce film, avec ma mère, en fil rouge, bien sûr. Un peu mon père, également, lors d'une lointaine partie de tennis, ce qui dénote l'effort considérable de ma mère pour l'avoir inclus – même quelques secondes – dans cette vidéo. Sans oublier nos (très) chers disparus se remettant à parler et à s'animer comme dans nos souvenirs, comme avant, comme lorsqu'on pensait que chaque être aimé était là à jamais.

Mamie, Papy...

Mes yeux s'embuent aussitôt. Ils me manquent tant.

Mais la suite du visionnage me redonne le sourire, me procurant même une grosse dose de nostalgie. Les vacances d'été au camping, les repas de famille du dimanche, ma varicelle en cadeau surprise le jour de Noël, la première boum à la maison, ma Renault 5 achetée après le permis, mon bras plâtré au retour du ski ou les premières virées entre potes avec Arthur déconnant à tout va (si, si cela lui est vraiment arrivé dans une autre vie) et Norbert récitant les dernières blagues de Bouvard aux *Grosses Têtes.*

Se trouve même un court passage où le Roger de 8 ans regarde, hyper concentré, sa muse Laura dans un épisode de *La petite maison dans la prairie.* Amusant et attendrissant.

Je suis à peine remis de cette (énorme) claque affective que Norbert me tend, timide et un peu gauche, son cadeau.

Mais... mais n'y aurait-il pas également un filet d'émotion palpable chez lui ?

Plutôt rare s'agissant du loustic, pourtant. Attendri, je lui donne une petite tape fraternelle dans le dos, puis m'empresse d'ouvrir son paquet et découvre des lunettes équipées d'un nez en forme de... bite.

Il explose de rire. Ma mère lève les yeux au ciel.

Bon Dieu, il a osé.

Comme lors de chaque anniversaire symbolique.

À vingt ans, il avait démarré cette « tradition » en

m'offrant un tire-bouchon en forme de pénis. Cela avait provoqué l'hilarité générale. Encouragé par ces réactions, il avait récidivé, à vingt-cinq piges, avec une boule à neige recouvrant un sexe géant, puis avait continué avec d'autres horreurs du même genre à trente, trente-cinq et quarante ans devant une assistance de plus en plus réduite.

Mais rien à quarante-cinq. Seulement un cadeau normal, celui qu'on peut montrer aux autres ou laisser traîner (sereinement) à la maison. La maturité, avais-je pensé, alors. Eh bah non, il renoue, le jour de mes cinquante, avec ce gadget sobrement intitulé « lunettes Press'Bite ».

Je me sens hyper gêné. Pour lui comme pour moi. Heureusement que c'est mon meilleur pote, sinon...

Cela a (au moins) le mérite de clore symboliquement cette fête.

Un quart d'heure plus tard, Léonard et Cœur prennent congé de l'assistance, sans trop de tristesse de part et d'autre. Ils sont suivis par les amies de ma mère, puis d'Arthur peu après. Cela m'a fait plaisir de le voir mais ce sera sans lendemain. Nous le savons bien au fond de nos entrailles et nous nous étreignons avec émotion.

Même constat pour Gaëlle. Sans l'étreinte mais avec le regret de ne pas avoir osé lui parler. Une fois de plus. Elle referme la porte, bras dessus, bras dessous avec sa moitié.

Voilà, tout le monde est maintenant parti.

Ne reste plus que la garde rapprochée : maman et Mister Teub.

CHAPITRE 4

Une grosse heure a suffi. L'appartement est maintenant définitivement rangé. Enfin, selon mon point de vue. A priori différent de ma mère, vu son degré d'agitation. Certains cadeaux ont déjà eu droit à la place méritée : le tapis de Léonard a été balancé à la cave et le whisky de Gaëlle a déjà bien visité nos gosiers.

Un nouveau verre m'est servi, puis amené sur le balcon, (nouvelle) cigarette de Norbert oblige. J'en profite pour ouvrir une canette de Coca et la fusionner avec mon breuvage alcoolisé. Si l'on est dans une thématique « nostalgie », autant y rester jusqu'au bout avec un bon vieux whisky-Coca, fil rouge de mon année de terminale et de ma période fac.

– Alors, content de ta petite fête ? enchaîne Norbert.

– Si t'oublies le casting de Léonard *(clin d'œil de connivence)*, c'était sympa, oui. Une surprise réussie, dis-je avec tact, bien conscient qu'une autre réponse serait inadaptée. Ma mère a tout organisé, je suppose ?

– Détrompe-toi ! sourit-il. Elle a tout organisé, mais avec mon aide.

Je m'en étonne.

– Tu veux dire que c'est vous qui avez fait la liste des invités ?

– Non, c'est ta mère, rectifie-t-il. Mais c'est moi qui ai retrouvé leur trace sur les réseaux sociaux. Et elle qui les a contactés.

– Sans déconner... t'aurais quand même pu lui dire qu'inviter Gaëlle – elle sait que je la considérais comme bien plus qu'une copine – était complètement délirant !

Il semble, d'un coup, gêné.

– Bah, c'est-à-dire que... enfin, c'est un peu moi qui ai insisté pour la faire venir.

– Mais t'es con ou quoi, m'emporté-je, qu'est-ce qui t'as pris ?!

– Écoute, c'était la fête de tes cinquante ans, elle était ton coup de cœur du lycée et je me suis dit qu'avec un peu de chance – si elle était célibataire et que les astres étaient alignés –, ça pouvait le faire...

Je hausse les épaules, dépité, tout en le comprenant. Si ça s'était déroulé de cette manière, cela aurait été un *happy end* digne de Hugh Grant et sa filmographie, sauf que ma vie sentimentale a toujours plus ressemblé à *Massacre à la tronçonneuse* qu'à *Coup de foudre à Nothing Hill.*

Je me ressers un nouveau verre de whisky, ingurgité comme un vrai quinqua, d'un trait et sans Coca. Conscient que mon moral a un peu chuté, Norbert change subtilement de sujet : « Et sinon, t'as des pistes pour trouver un nouveau job ? »

Mon regard le fait vite abandonner cette thématique. Sa énième cigarette terminée, nous retournons au salon et reparlons des souvenirs du passé. De bons souvenirs et Dieu sait qu'il y en a. Cela réchauffe les cœurs tout en faisant oublier ce présent un peu morose.

L'heure tourne ; il est maintenant temps de partir. Une ultime cigarette pour Norbert. Je le suis sur le balcon, la gorge de plus en plus asséchée par l'alcool.

Je repère alors ma canette de Coca oubliée sur la terrasse. Il en reste encore un peu dedans. Je m'en empare aussitôt et la termine goulûment, sauf que ce n'est pas du Coca.

Vraiment pas.

Un hurlement de dégoût déchire le ciel, suivi d'une violente quinte de toux.

– Mais putain, qu'est-ce que c'est que ça ?! beuglé-je.

Norbert pâlit d'un coup.

Ma mère accourt, affolée.

– Bah, c'est... c'est dans ça que j'ai éteint mes clopes, bredouille-t-il.

– Bordel ! Mais tu pouvais pas prévenir ?!

– Dé... désolé, répond-il, tout penaud, en baissant la tête.

Un affreux goût de clope liquide a envahi ma bouche, ma gorge, mon corps, accompagné d'une nausée soudaine, pas loin de me mettre K.-O.

Ma mère me regarde, inquiète. Norbert ne sait plus où se mettre. Silence général et pesant.

– Mange un Pépito, me dit soudainement ma mère, triomphante, comme si la solution magique avait été trouvée.

(...)

Je lève les yeux au ciel. Quand j'étais môme, elle m'apportait toujours ces gâteaux-là – mes préférés –, lorsque j'étais souffrant ou démoralisé. Ça fonctionnait comme une baguette magique et j'allais toujours mieux après, sauf que quelques années ont passé depuis... mais bon, sait-on jamais. Je déchire l'emballage du petit garçon au sombrero, puis dévore quelques biscuits. Plusieurs verres d'eau sont également engloutis pour faire passer le goût de la cendre et cette nausée, toujours présente.

– Non, mais sérieux, Norbert. Y a pourtant un vrai cendrier sur le balcon. T'as vraiment pas assuré, m'énervé-je une nouvelle fois.

Il ne pipe mot. Toujours aussi embarrassé.

Je n'insiste pas.

Après une bonne demi-heure, mon état général s'est amélioré, enfin un peu, mon ventre continuant de gargouiller avec insistance. Je prends congé de ma mère en la remerciant pour la surprise et son film si émouvant. Il m'a touché au plus profond de moi-même. Norbert me suit jusqu'en bas de l'immeuble, puis nous nous séparons, nos chemins étant à l'opposé. Me voici maintenant seul dans la rue avec un objectif : marcher, marcher et encore marcher pour récupérer de mes émotions. Après une bonne trotte, un bar est repéré. L'endroit idéal pour soulager ma gorge (de nouveau) sèche et faire disparaître cette haleine de poney mort. Une bonne limonade bien fraîche est commandée pour la réalisation de ces vœux.

Et… et c'est à ce moment-là que mes yeux s'illuminent.

Mon pouls s'emballe.

Mes mains deviennent moites.

Mes jambes flageolent.

Une onde de chaleur incandescente envahit tout mon corps.

Une femme magnifique et solaire me fait face.

La femme du bus.

CHAPITRE 5

Accoudée à une table, son apparition me fait l'effet d'un rêve incarné.

Son visage respire la délicatesse et la fraîcheur. Son teint clair et légèrement rosé contraste magnifiquement avec la simplicité de sa tenue. Sa robe légère en lin blanc épouse doucement ses formes. Ses cheveux châtain blond tombent en vague douce autour de ses épaules. Et que dire de ces yeux ?! Verts, profonds et vibrants, comme une invitation au mystère. La Belle est absorbée dans la contemplation de sa tasse de thé, ses doigts fins et délicats entourant la porcelaine avec une grâce infinie.

Impossible de détourner les yeux.

Impossible de ne pas être subjugué par cette vision de pureté et de grâce.

Elle est encore plus divine que ce matin.

♫ Mon cœur te dit je t'aime,

Il est perdu sans toi,

Mon cœur te crie je t'aime,

À chaque fois qu'il bat ♪♪

(Note à moi-même : ne jamais lui avouer que Frédéric François a résonné en moi, au moment de sa réapparition.)

Au bout de quelques secondes intemporelles, mon

esprit et mes émotions redeviennent opérationnels. La rencontrer deux fois, le jour de mes cinquante ans, cela ne peut pas être un hasard.

Elle ne semble pas accompagnée, en tout cas. Premier bon point. Pas d'alliance, non plus. Second bon point. Du haut de mon tabouret, dos au comptoir, je l'observe à ma guise. De biais, sans risque de me faire capter.

Que faire maintenant ? L'aborder ?

Moi, le *king* de la drague qui transforme les carrosses en citrouilles.

Moi, le *king* de la drague qui n'ose même pas demander l'heure à une fille.

Non, soyons sérieux et concentrons-nous sur ce que je sais faire de mieux : l'observation. Pour le reste, on verra plus tard.

Dévoué à ma tâche, je ne vois pas les minutes de contemplation s'égrener.

Elle, a priori, si. Son regard ne cessant maintenant de se promener un peu partout, avant de se fixer, d'un coup, dans ma direction. Je ne sais absolument pas quoi faire, à part être paralysé. Son regard repart ailleurs avant de revenir se poser dans ma direction.

M'aurait-elle reconnu ?!

Surtout réagir, alors. Dès maintenant.

Et pourquoi pas se donner une contenance intello ?! Genre *Le Penseur* de Rodin.

Vite, la pause officielle est prise : coude sur le comptoir, bras replié, menton reposant sur ma main et air souffreteux du mec torturé par ses pensées philosophiques. Pas de chance, ça ne sert à rien. Son regard a déjà bifurqué mais revient se fixer sur moi. Un magazine est sorti précipitamment de mon sac, histoire de rester dans cette posture d'intello. Ça va peut-être l'intriguer, voire même la séduire, cet être mystérieux s'abreuvant de limonade et se nourrissant de mots. Mon index vient alors caresser nonchalamment mes lèvres, comme si cette lecture m'amenait sur des hauteurs cérébrales insoupçonnées.

Sauf que cet ouvrage philosophique est un bon vieux *Télé Star* et que sa couverture criarde avec Jean-Luc Reichmann, toutes dents dehors, ne risque pas d'avoir l'effet escompté. Le magazine est aussitôt rangé dans mon sac.

Ma maîtrise de la séduction n'est toujours pas à son zénith.

Mais que vois-je ?!

La belle créature quitte sa place. Je me lève spontanément du tabouret pour mieux l'observer. Toute guillerette, elle se dirige vers l'entrée, puis claque la bise à un bellâtre.

#HorreurMalheur

Avec fureur, je me rassois sur le tabouret et termine, dépité, mon verre. Le dieu de l'amour vient de me trahir une nouvelle fois. À peine le temps de m'apitoyer sur mon sort qu'une porte claque.

Je me retourne.

Plus personne.

La Belle s'est fait la malle.

CHAPITRE 6

Je me précipite hors du bar. Elle s'éloigne déjà en sa compagnie.

Que faire ?

Au même moment, son doux visage se tourne vers l'indésirable personnage, laissant apparaître un ravissant sourire et des fossettes se creusant doucement sur ses joues. Mon cœur chavire une nouvelle fois. Emporté par l'intensité de mes émotions, je cède à mon impulsion et décide de la suivre, de les suivre. Ils marchent côte à côte, sans avoir de gestes tendres l'un envers l'autre. *Peut-être sont-ils de simples amis,* essayé-je de me persuader.

Cinq minutes plus tard, ils s'arrêtent près d'une voiture. Le bellâtre ouvre le coffre et met, semble-t-il, un survêt dans un sac. Un doute s'insinue : que vais-je faire s'ils prennent le véhicule ? Courir derrière avec ma condition physique *made in* François Hollande me paraît ambitieux. Me positionner en plein milieu de la route et arrêter la première voiture venue *(Stop ! Je viens de rencontrer la femme de ma vie. Mais un Appolon à deux balles l'a emmenée en voiture. Laissez-moi vite votre véhicule afin que je les suive)* ne me semble pas non plus d'une efficacité sans pareille.

Fort heureusement, le duo continue son chemin à pied, avant de faire un nouvel arrêt à une autre voiture où la belle demoiselle sort un sac de sport.

Mon cerveau mouline. Survêt d'un côté, sac de sport de l'autre. Au vu des actions conjointes, il semblerait que l'on s'achemine vers une activité sportive.

#AppelezMoiSherlock

La filature continue.

Soudain, la Belle fait demi-tour et vient dans ma direction. Je ne sais comment réagir. Faire également demi-tour ? Me cacher ? À moins que... oui, c'est ça... à moins de trouver un artifice pour rester incognito. Comme ma casquette dissimulée dans mon sac. Je fouille illico presto dans celui-ci. Rien. Nada. Nothing. Zéro casquette. Elle a dû être oubliée chez ma mère. À sa place trônent les lunettes « atypiques », offertes par Norbert. Peut-être pas le camouflage le plus adapté...

La demoiselle en profite pour passer devant moi sans sourciller un seul instant – je ne sais pas si je dois m'en réjouir ou m'en offusquer –, puis revient vers la voiture, prend des baskets et retourne vers son bellâtre. Toujours sans un regard pour moi. Bon...

Pas le temps de douter ; ils repartent d'un bon pas, suivis discrètement par Bibi.

Pendant ce temps-là, les pensées – ou plutôt les questions – se bousculent dans ma tête : combien de temps vont-ils encore marcher ? vers où se dirigent-ils ? que vais-je faire ? comment l'aborder ? pourquoi s'intéresserait-elle à moi ? qui est ce mec avec elle ? pourquoi ai-je voté Macron ? Euh... je m'égare. Restons focus, surtout que la rue est maintenant quasi déserte.

Il va falloir être discret. Mon portable en profite pour vibrer. Un message de ma mère : « Tu as pensé à sortir les poubelles ? » Je lève les yeux au ciel. *Tu as pensé à sortir les poubelles ?!* Non mais, attends...

Mon avenir se joue en ce moment avec cette femme merveilleuse, ce rôle improvisé de détective privé, cette tension sous-jacente dans l'air, ce risque de se faire griller à tout moment et voilà ce qu'elle m'envoie ! Pfff... tu crois vraiment que Sherlock Holmes en pleine filature reçoit un SMS de sa mère lui demandant s'il a bien sorti les poubelles ?!

#NoComment

Le temps (quand même) de lui répondre par l'affirmative, le duo s'arrête près d'un grand complexe. Je lève spontanément la tête. Est noté en gros ACE TENNIS CLUB. Mes deux premières interrogations sont maintenant levées. Pour les autres, il va falloir enquêter et improviser.

CHAPITRE 7

Bientôt dix minutes que le duo a disparu à l'intérieur du club-house. J'en profite pour observer les infrastructures du complexe : cinq courts de terre battue, deux en dur et deux beaux terrains couverts. À côté se dresse un bar-restaurant du plus bel effet avec petite terrasse extérieure. Le tout avec de la verdure et des espaces bien aménagés aux quatre coins du club. Du bel ouvrage, rien à dire. L'endroit est vraiment raffiné et charmant. Cela fait écho à mes années de tennis, à mes (très) lointaines années de tennis dans un club ressemblant à s'y méprendre à celui-là.

Sept ans à pratiquer ce sport, gamin. Ma mère m'avait inscrit là-bas, les mercredis après-midi, afin que mon activité journalière ne se limite pas seulement à regarder la télé. Je n'étais ni un mordu de ce jeu, ni un monstre de détermination et encore moins un foudre de guerre, mais je me débrouillais un peu. La balle arrivait même à passer, plusieurs fois d'affilée, au-dessus du filet à condition que mon partenaire/adversaire reste sur un rythme pépère. Mais au bout de sept ans, l'envie d'arrêter avait pris le pas. Ma mère m'avait poussé à continuer un autre sport mais les efforts physiques me saoulaient au plus haut point. Après d'âpres négociations, une solution intermédiaire avait été conclue et le ping-pong avait pris la relève les années suivantes. Puis le sport avait définitivement disparu de mon existence. La future femme de ma vie me replongeait dans mes souvenirs, ainsi que dans le présent : là, maintenant, tout de suite.

Les voilà, en effet, sortant du club-house et se dirigeant, en tenue « officielle », vers l'un des terrains. Mon esprit et ma vigilance se remobilisent aussitôt.

C'est reparti pour une filature. Quelques mètres plus loin, ils foulent une terre battue ensoleillée, puis se mettent à jouer sous mes yeux éblouis par tant de grâce, de style et d'élégance chez la belle demoiselle.

Ma promise ne se déplace pas, elle glisse avec ses semelles de vent.

Ma promise ne volleye pas, elle récite une chorégraphie aérienne.

Ma promise ne frappe pas la balle, elle lui fait l'amour avec délicatesse.

Et le tout, avec jupette et débardeur immaculés du plus bel effet. Purs et lumineux comme ce qu'elle incarne et diffuse aux autres.

Je l'observe béatement de longues minutes. De très longues minutes, tapi derrière un épais arbuste. Une excellente planque pour ne rater aucune miette du spectacle et cacher ma bouche entrouverte d'admiration, très certainement un peu moins lumineuse que la muse observée.

Puis mon visage se fige. Son partenaire – appelons-le « le boulet » pour faire un descriptif impartial de sa personne – s'approche d'elle, lui glisse quelques mots à l'oreille, déclenchant automatiquement un rire spontané de la Belle.

Mais pour qui se prend-il ? Voilà le type même de mec capitalisant bassement sur une belle gueule et un corps musclé. Un personnage opportuniste, prêt à toutes les stratégies pour arriver à ses fins. Cela me débecte au plus haut point.

Et n'allez pas y voir de la jalousie. Certainement pas, ou très légèrement.

Le boulet en profite pour continuer son monologue, provoquant une nouvelle fois les rires de la Belle. Je secoue la tête, écœuré, puis réfléchis profondément à la meilleure manière d'entrer en contact avec elle. Mais rien ne me vient, enfin rien qui soit dans mes cordes alors qu'il suffirait... alors qu'il suffirait que je sorte de ma cachette, port de tête altier et démarche assurée.

Direction ce court en terre battue.

Direction l'Amour.

Mes bras flottent gracieusement de part et d'autre de mon corps.

Un sourire à la fois rassurant et envoûtant ne quitte pas mes lèvres.

Ma présence électrique a déjà mis fin à leur complicité.

Et aimanté, avec fracas, l'attention de la demoiselle.

Les rayons du soleil tracent un chemin de lumière menant à sa personne.

Oui, je te vois ma belle.

Oui, je te vois bouleversée par ce trop-plein de séduction s'approchant de toi.

Mais ne cherche pas à combattre le feu de la passion.

Laisse-le te consumer, laisse-le t'embraser.

Tout enveloppé de souplesse, je parcours nonchalamment les derniers mètres me séparant de notre destin commun. Le temps semble suspendu, même si le désir intense de la Belle n'en est qu'à ses balbutiements.

Ses jambes, d'un coup, vacillent. Un trop-plein d'émotion, très certainement, mais mon avant-bras ferme et enveloppant la retient juste à temps. La poitrine tremblante et les joues rosies, elle me gratifie d'un timide remerciement. Son visage n'est plus qu'à quelques centimètres du mien. Elle n'ose plus me regarder, bien consciente qu'une plongée dans mes yeux équivaudrait à un voyage sans retour, mais la souffrance de son désir devient bien trop intolérable et la Belle n'a d'autre choix que de céder à l'appel de l'Amour.

Ses lèvres s'approchent des miennes. *Vous voulez bien...*

– Vous voulez bien sortir d'ici, monsieur ! m'interpelle une voix bien trop masculine, la pelouse est interdite ici. Je vous remercie.

Un employé du club me ramène brutalement à la réalité. Trop brutalement. Je me confonds en excuse, puis m'éclipse le plus discrètement possible, pour ne pas me faire repérer par le duo ayant recommencé à jouer.

Pas le temps de trouver une nouvelle cachette. La

Belle et le boulet mettent fin à leur partie, s'emparent de leurs affaires et quittent le court. J'accélère le pas pour ne pas les perdre de vue mais une nouvelle nausée me cloue sur place.

#MerciNorbert

Une fois remis, un regard panoramique balaye les environs.

En vain.

La belle demoiselle s'est envolée comme une hirondelle.

CHAPITRE 8

Inquiet, je me presse vers la sortie du club et scrute les possibles chemins empruntés, mais aucun des deux ne s'y trouve. Retour immédiat au club. Chaque court est minutieusement visité pour un résultat identique. L'inquiétude se transforme en stress. Fort heureusement, il me revient que le duo s'était changé au sein du club-house, très certainement dans les vestiaires. Cela me rassure. Ils doivent y être retournés. J'emprunte le chemin qui y mène et me poste juste devant, au même endroit que tout à l'heure.

Cinq, dix, quinze minutes passent. Toujours personne. Ce n'est pas possible, qu'est-ce qu'ils foutent ? Puis au moment où l'envie irrépressible de jouer les explorateurs me prend, le bar-restaurant est entraperçu au loin.

Et si...

Tout de suite, je file là-bas, tout en me retournant sans cesse au cas où ils sortiraient des vestiaires. À pas de velours, je me glisse à l'entrée et les aperçois assis à une table.

Ouf...

Soulagement de mise, vite remplacé par l'agacement. Les deux sont, tout sourire, devant leur verre et paraissent toujours aussi complices. Déjà que sans concurrence, ma vie amoureuse est un fiasco. Alors si, en plus, tu me rajoutes ce bellâtre qui l'envoûte sur chaque parole.

Allez, pas de place pour l'abattement !

Je trouve rapidement un endroit parfait au comptoir, me permettant d'être dissimulé tout en étant bien placé. Comme un vieux briscard rompu à l'exercice.

(Note à moi-même : me rencarder à France Travail sur ce boulot. On ne sait jamais.)

Un café bien serré est commandé pour faire le client lambda, suivi au bout de quelques minutes par un autre. Le serveur me glisse la note. Cinq euros les deux cafés au comptoir. Ça va, la vie est belle...

Je le règle, irrité. En attendant, la Belle et le boulet ne sont toujours pas pressés de se quitter, tout comme ma nausée revenant me tenir compagnie, mais cette fois-ci, pas seule. De fortes douleurs abdominales l'accompagnent, ainsi que des sueurs froides. Peut-être bien que le double café n'était pas l'idée du siècle.

Vraiment pas.

Mon sang se fige, d'un coup, dans mes veines. Pas le temps de réfléchir, je file vers les toilettes et m'enferme à double tour. À peine arrivé, mon visage vient se pencher au-dessus de la cuvette et libérer un torrent de détresse.

De nombreuses fois.

Dans un tumulte sonore peu glorieux.

Cela dure d'interminables minutes. Mais qu'ai-je fait

pour mériter cela ? Je suis mortifié, affligé, atterré.

Mais fort heureusement, tout a une fin. Même les scénarios les plus embarrassants. Une rapide toilette est faite pour me donner un teint moins cadavérique. C'est le moment de s'éclipser discrètement.

Je m'approche, sans un bruit, de la porte. Le silence a (maintenant) envahi la pièce. Une oreille de Sioux est posée contre la porte. Quelques bruits de voix par-ci, par-là. Mais l'endroit semble vivre normalement, comme avant le début de cette tragédie. Par prudence, mon œil vient quand même se nicher dans le trou de la serrure pour vérifier la situation.

Et c'est le drame !

Juste derrière la porte, attendant son tour, se trouve la Belle, avec un visage reflétant un début d'incompréhension.

Depuis combien de temps attend-elle ?

A-t-elle entendu cette symphonie disgracieuse ?

Une panique générale s'empare de moi. Hors de question de la laisser rentrer dans ce repère devenu Tchernobyl, et encore moins de la croiser dans ces conditions.

Mais que faire ?

Des coups d'œil sont (désespérément) jetés aux quatre coins de la pièce. Puis mon regard se fixe sur un point : la fenêtre.

La voilà ma solution, ma porte de sortie, mon miracle.

Je m'approche d'elle. Il s'agit d'une fenêtre constituée de deux parties horizontales : une partie haute, fixe et inamovible, et l'autre basse qui s'ouvre en la relevant vers le haut. Celle-ci est placée à plus d'un mètre de hauteur du sol. Bref, pas aisé mais pas non plus une cascade à la Belmond...

– Y a quelqu'un ?

Une belle voix féminine, tout en douceur et perplexité, résonne à travers la porte et me donne un sacré coup d'adrénaline.

La belle demoiselle.

Il y a un petit quart d'heure, j'aurais tout donné pour la voir s'adresser à moi. Mais à ce moment-là, un (tout petit) peu moins.

Je ne réponds pas.

Mais cela m'aide fortement à accélérer le mouvement. La partie basse de la fenêtre est remontée vers le haut, me laissant un (modeste) espace pour m'engouffrer dedans et « plonger » ensuite vers l'extérieur du restaurant.

Puis un marchepied pour enfant, trouvé près du lavabo, est amené pour atteindre la fenêtre. Mes bras passent en premier, suivis de ma tête. Mon sac est discrètement envoyé de l'autre côté.

Au même moment, des pas rapides s'approchent de la porte.

– Si, si, il y avait quelqu'un dedans, qui n'avait pas l'air en grande forme, s'exclame la Belle. Puis d'un coup, plus aucun bruit. Le silence absolu. Et aucune réponse quand j'ai appelé cette personne.

– Ne vous inquiétez pas, madame, répond une voix ressemblant fortement à celle du serveur. On va vérifier cela.

#MyGoodness

Vite, je me dépêche de passer le haut du corps dans une position mettant en valeur ma souplesse digne d'un panneau de sens interdit. Puis ensuite le ventre.

Cela m'oblige à quitter le support rassurant du marchepied. Me voilà pas loin de basculer de l'autre côté.

– Oh, oh, y a quelqu'un ? hurle d'un coup le serveur en tambourinant contre la porte.

Surpris, je me redresse d'un coup. Mes reins heurtent alors le haut de la fenêtre, déclenchant automatiquement la descente de la partie inférieure qui s'abat sur le bas de mon dos. Je laisse échapper un cri bruyant et me retrouve coincé par ce panneau vitré. Mes jambes n'arrivent plus à atteindre le marchepied et mon buste reste trop éloigné de la terre ferme. Impossible d'imprimer une pression au sol – d'un côté comme de l'autre – pour me dégager. Je me sens pris au piège, comme une balançoire à bascule en lévitation perpétuelle.

– Vous avez entendu ? réagit la Belle. Il y a quelqu'un là-dedans qui est très mal. Il faut vite faire quelque chose.

– Monsieur, crie le serveur, répondez-nous !

Je ne dis toujours rien, essayant désespérément de

me dégager.

– Monsieur, répondez-nous, répète le serveur, de plus en plus stressé.

Puis, silence total et général comme si un drame se nouait dans cette pièce.

Et bien évidemment qu'un drame se noue dans cette pièce !

Cela fait presque quinze minutes que j'enchaîne sons gutturaux, odeur indélicate, scénario de voleur en fuite et corps emprisonné par une fenêtre. Franchement, qu'est-ce qui peut bien m'arriver de pire ?

– Monsieur, on va essayer d'entrer ! se décide le serveur. Ne restez pas près de la porte si vous êtes à côté *(petite pause)*. Allez, les gars, à trois, on enfonce la porte !

– Un.

(Je crois qu'on a réussi à repousser les limites du pire.)

– Deux.

À ce moment-là, une poigne ferme et tonique, venant de l'extérieur, relève le battant coincé puis m'extirpe énergiquement de mon piège.

Me voilà délivré et dehors, en compagnie de la personne qui m'avait enjoint tout à l'heure de quitter la pelouse interdite.

Il me regarde, abasourdi.

– Mais qu'est-ce que vous fai...

– Trois.

Un violent bruit de porte défoncée l'interrompt, suivi d'un remue-ménage général et de différents éclats de voix.

– Mais où est-il ?! entend-on distinctement dans la pièce.

Au même moment, des bruits de pas se rapprochent (dangereusement) de la fenêtre. Je ramasse, vite fait, mon sac et remercie mon sauveur, puis file aussitôt, sans lui laisser le temps de dire ouf.

Direction tout sauf ici.

Direction mon appart rikiki.

Direction ma vie moisie.

CHAPITRE 9

Quarante minutes de marche et me voilà rentré chez moi.

Le moral est bas, l'estomac raplapla et ma journée, une vraie cata.

Avoir privilégié la marche pour m'aérer la tête n'a (absolument) pas porté ses fruits. Je soupire. Seule la belle demoiselle m'arrache une part de lumière dans mes pensées obscures. Mais comment la revoir ?

Revenir au club pour croiser mon sauveur et répondre à ses questions gênantes. Non merci.

Si ça se trouve, il a raconté l'histoire à tout le monde et mon avis de recherche est placardé partout. Sans compter le serveur qui a peut-être fait le rapprochement entre mon passage au comptoir et l'épisode des toilettes.

Bref, c'est mort et sans espoir de revoir la Belle.

Je m'assois sur mon canapé, le cœur lourd, très lourd.

Rien ne ressemble jamais à ce qu'on avait espéré de la vie. Rien ne ressemble jamais à ce qu'on avait imaginé, plus jeune. Tu te rêves amoureux, créant une belle famille, entouré par beaucoup d'amis, boosté par un travail intéressant, des projets excitants, des voyages exotiques. Une vie plurielle, vibrante, unique, faite de moments rares, d'émotions intenses. Une vie qui fait la part belle aux rencontres, qui célèbre ce court passage sur terre transformé en hymne à l'existence. Et au final, tes rêves d'enfant et d'adolescent sont trahis par la personne dont tu te méfiais pourtant le moins : toi.

Un « toi » adulte ayant pondu un scénario plus bancal, plus terne. Rien de complètement raté mais rien d'extraordinaire non plus. L'enfant, rêvant de faire rimer sa vie de grand avec brillant, scintillant, inspirant, fait finalement rimer quinquagénaire avec célibataire, Norbert et vie pépère.

Que veux-tu...

Je jette un coup d'œil circulaire à mon appart, à cette salle à manger spartiate, peu décorée et limite quelconque, à ce canapé Conforama bien comme il faut, aux couleurs ni trop sombres, ni trop voyantes, à ce téléphone-répondeur d'un autre temps, déniché dans une brocante, ou à cet halogène noir aussi excentrique qu'un prof d'EPS en jogging. Bref, peu de chance d'en mettre plein les mirettes à une nana débarquant ici, sauf si c'est la sœur de Line Renaud.

Et ce n'est pas ma tchatche empotée qui va compenser cela. Mon lit à deux places peut en témoigner : il n'a vu personne partager ma couche depuis belle lurette, mis à part Norbert, après une soirée trop alcoolisée l'ayant vu squatté (sans vergogne) mon matelas. Ça reste, à ce jour, mon unique invité nocturne. J'aurais pourtant espéré mieux... comme une belle histoire d'amour avec ses ingrédients au complet : se rencontrer, s'apprivoiser, faire des projets communs, partager joies et peines, fonder une famille et vieillir ensemble.

Ce que chacun d'entre nous aspire au fond de lui-même. Mais rien de tout cela n'avait été possible dans mon existence. La faute à des relations compliquées, éphémères, déséquilibrées, à des coups de cœur se transformant en déceptions ou à de belles personnes intérieures n'arrivant pas à accrocher mon cœur. Peu importe la raison, le constat était là, dur et implacable : toutes mes aventures amoureuses avaient échoué et fait de moi un célibataire endurci.

Mon arrière-train quitte péniblement le canapé. Direction la cuisine pour un grand verre d'eau. Mission rapidement acquittée. Mes idées noires s'allègent un peu. J'en profite pour ouvrir nonchalamment mon frigo : saucisson, nuggets, Danette, Vache qui rit et camemberts en fin de vie. Si un frigo reflète notre personnalité, pas sûr qu'une future invitée y décèle spontanément mon côté délicat et raffiné, mais cocardier et persévérant, oui.

À l'image de cette carte de France en magnets, superbement alignée sur la porte du frigo. Je la contemple, fièrement, sous toutes les coutures. Le résultat de dix années à acheter des cordons bleus Le Gaulois. Un département sous forme d'aimant offert dans chaque boîte et le début d'une quête, d'un combat impitoyable pour reconstituer entièrement notre beau pays.

Un combat avant tout intérieur, doublé d'une volonté hors du commun pour s'avaler une floppée de cordons-bleus, chaque semaine.

Un combat rempli de doutes pour trouver les magnets de la Meuse et du Cantal qui se refusaient à moi depuis de nombreuses années.

Mais également un rude combat mental, oscillant entre désespoir et résilience, après avoir récupéré cinq fois d'affilée l'Ardèche et développé - inconsciemment, dois-je préciser - un fort ressentiment pour ce département.

Sans oublier - le souvenir reste encore vivace - ce sentiment d'incompréhension, d'injustice, de révolte même lorsque Le Gaulois, ou plutôt ces traîtres de Le Gaulois, ont lancé du jour au lendemain une nouvelle collection de départ'aimants. Et cela sans aucune considération pour nous autres, fidèles collectionneurs.

Dix ans à acheter leurs produits.

Dix ans et plus de deux mille cordons bleus avalés.

Et voilà comment on est traité ?

Mais c'est au moment où l'être humain est trahi par l'Establishment, ébranlé dans ses certitudes, que ses forces se révèlent au grand jour, que sa persévérance et sa créativité se greffent comme une seconde peau. Ils me claquent la porte au nez. Eh bien, je passerai par la fenêtre (toute ressemblance avec une situation ayant déjà existé ne saurait être que purement fortuite).

Et c'est ce que j'ai fait.

Persévérance pour aller fouiner et débusquer dans d'innombrables épiceries de village les derniers cordons-bleus ancienne collection, mais également créativité pour créer un groupe Facebook *SOS Magnets Le Gaulois* et mettre de régulières annonces sur eBay pour dénicher la Meuse et le Cantal.

Et cela a payé.

Un paquet de cordons-bleus acheté dans un Lidl ravitaillé par les corbeaux, et la Meuse s'est soudainement offerte à moi. Un hurlement de triomphe - à la mesure de l'exploit - a résonné dans la supérette, à la grande surprise des clients car moi seul pouvait comprendre la portée de cette découverte.

Ne restait alors plus que le Cantal.

Et c'est un autre collectionneur de magnets, orphelin, lui, de la seule Ardèche qui m'a permis d'atteindre le Graal, via Facebook. Ironie du sort, ce département maudit me permettait d'accéder à l'objectif suprême. Nous nous sommes échangé ces deux aimants manquants et nos émotions respectives.

Plus rien ne manquait. Tous les départements français étaient présents sur mon frigo. Fin de cette longue quête. Une belle histoire de combativité et de résilience.

Les poils de mes bras se hérissent sur ma peau.

Bref, le jour où une potentielle invitée verra dans ma cuisine cette carte de France entière, elle devinera cette persévérance vissée en moi, une persévérance prête à s'exprimer pour lui offrir amour, attention, et la rendre heureuse.

Ad vitam æternam.

La vision de la belle demoiselle me vient, aussitôt suivie d'un regain d'énergie et de rage. Si je suis capable d'aller au bout de moi-même pour cette carte, cela doit être exactement la même chose la concernant. Comment ? Et de quelle manière ? Ça, je n'en sais rien mais plus question d'abandonner. Dès demain, il me faudra dégoter un nouveau plan. En attendant, celui de ce soir est tout trouvé : verveine et Motilium avant de filer illico presto au lit.

Y a déjà eu des soirées d'anniversaire plus festives.

CHAPITRE 10

♫ Hier encore, j'avais vingt ans,
Mais j'ai perdu mon temps,
À faire des folies,
Qui ne me laissent au fond,
Rien de vraiment précis,
Que quelques rides au front,
Et la peur de l'ennui,
Car mes amours sont mortes avant que d'exister,
Mes amis sont partis et ne reviendront pas,
Par ma faute, j'ai fait le vide autour de moi,
Et j'ai gâché ma vie et mes jeunes ann... ♪♪

Rien de tel qu'un bon vieil Aznavour pour démarrer positivement cette matinée... Je coupe aussitôt mon radio-réveil. C'est décidé, aujourd'hui est le premier jour du reste de ma vie. Traduction : aujourd'hui est le début officiel de ma quête pour conquérir la Belle. Il n'y a pas plus de plan établi que la veille, à part retourner sur le lieu de mes « exploits » au mépris du danger et être créatif et inspiré, comme pour mes magnets.

Mais avant cela, quelques correctifs sont à ajouter, surtout pour ne pas être reconnu là-bas. Je m'approche de la glace, tout en observant mon reflet de manière détachée : un homme de taille moyenne, cheveux blonds grisonnants, carrure discrète et traits plus ou moins réguliers. Rien qui fasse vraiment accélérer le palpitant d'une demoiselle. Un homme banal, ma foi, hormis peut-être ses yeux bleus et quelques rides sur le visage donnant à ses traits plus de noblesse.

Bon, il va quand même falloir faire quelques ajustements pour se promener discrètement dans le club.

Premier élément incontournable : la casquette. L'habituelle étant chez ma mère, j'en prends une autre avec longue visière, recouvrant parfaitement mon crâne.

Puis de bonnes lunettes de soleil noires, dénichées dans un tiroir.

Avec ces artifices, bien malin celui qui me reconnaîtra.

Lunettes sur le nez, casquette enfoncée et sac embarqué, me voilà prêt à décamper. Enfin, presque.

Ne reste plus qu'à me débarrasser du cadeau de Norbert, encore dans le sac.

Oui, mais le Roger est un garçon bien élevé qui ne jette rien, même les cadeaux provoquant des entorses de la rétine. La preuve : direction salle de bains. Et plus précisément le placard. Celui-ci est immédiatement ouvert. Tout en haut se trouve une boîte contenant des médicaments, aussitôt retirée de sa place initiale. Apparaît alors une autre boîte, fermée par un couvercle. Je le défais, aussi impatient qu'un mec ouvrant un sac à déjection canine pour y découvrir son butin.

Et me revoilà devant la caverne d'Ali Baba.

Une caverne au contenu (un chouïa) différent avec

tous les cadeaux *made in* Norbert dissimulés dedans : boule à neige à sexe géant, tire-bouchon zizi, briquet pénis et autres babioles du même cru, offertes par mon cher ami, à des moments officiels. Générosité et déconnade, tout ce qui le caractérise...

En attendant, voilà les lunettes Press'Bite rejoignant leurs amis. La boîte est ensuite remise au fond du placard. Une bonne chose de faite.

En route maintenant pour l'Ace Tennis Club.

Comme la veille, décision est prise d'y aller à pied pour se laisser le temps de réfléchir à des stratégies.

Trois quarts d'heure plus tard, la destination est atteinte mais toujours aucun plan de bataille. Seulement de l'espoir et une petite boule au ventre avant d'entrer au club.

Le tour du propriétaire est refait dans les grandes largeurs. Aucune trace de la Belle. Mais laissons le temps au temps. Si ce n'est maintenant, ce sera plus tard. Je continue à déambuler dans l'enceinte, de manière prudente. Le bar n'a toujours pas été visité. On ne sait jamais ; même si mon nouveau look me préserve de toute mauvaise surprise, je ne suis pas à l'abr...

Bon Dieu ! La Belle vient d'être aperçue sur un court, splendide et solaire. Ma respiration s'accélère ; le temps s'arrête.

♫ Mon cœur te dit je t'aime,

Il est perdu sans toi,

Mon cœur te crie je t'ai... ♪♪

#SorsDeCeCorpsFredericFrançois

Le refrain est aussitôt déconnecté de mon esprit. Une fois, ça va. Deux fois, faut pas abuser. Il y a des limites à tout...

Mon esprit se reconcentre sur la Belle.

Toute pimpante, la demoiselle m'ensorcelle,

Avec son déplacement de gazelle,

Sa grâce exquise et irréelle,

Sa petite jupette tournoyante et sensuelle,

Dans ses yeux, je vois l'étincelle,

Celle qui me rend fou d'elle,

Et cela malgré l'autre grosse brelle !

Car oui, le boulet est toujours en sa compagnie. Bronzé, souriant et indéboulonnable. Mes doutes refont surface : deux jours de suite à partager des moments de complicité avec lui. Soit c'est son partenaire de tennis (très) attitré, soit ils sont très (trop) proches. Dans tous les cas de figure, ce n'est pas bon pour moi. Et il va fall...

– Tiens, vous avez abandonné votre job d'escaladeur de fenêtre ?! résonne d'un coup derrière moi.

Je sursaute, puis me retourne sur-le-champ.

Me voilà nez à nez avec mon sauveur de la veille, me dévisageant avec méfiance. Mais comment a-t-il fait pour me reconnaître ?! De dos, en plus !

#PouvoirDivin

– Ça... ça va. Merci *(silence gêné)*. Mais comment

avez-vous su que c'était moi ? ne puis-je m'empêcher de lui demander.

– Votre sac *(il fait un mouvement de tête dans sa direction),* votre sac vert avec l'inscription « Je ne vieillis pas, je me bonifie », plus le dentier jaune fluo qui se marre dessus, cela ne court pas les rues...

Je me maudis comme jamais. Tu parles d'un as du camouflage. Un nouveau silence s'installe, vite interrompu par le sauveur.

– Vous faites partie du club ? Ou êtes invité par un membre ? poursuit-il, soupçonneux, car je n'ai pas le souvenir de vous avoir vu avant. Enfin, si l'on excepte l'épisode d'hier.

Gros moment de blanc.

– Bah, en fait, je... bah... c'est-à-dire que..., riposté-je avec brio et efficacité, je venais pour... pour m'inscrire *(mais oui, t'es un vrai génie, Roger !).* Oui, c'est ça, pour m'inscrire au club.

Je me redresse fièrement, épaté par mon trait de génie.

– Très bien, me répond le sauveur. Vous vous adressez à la bonne personne. Je suis Nick, directeur sportif et enseignant au club.

– Ah bon ?! vous enseignez le tennis ? questionné-je, surpris et (fortement) ennuyé que ma répartie puisse se retourner contre moi.

Il hoche la tête.

– Vous souhaiteriez prendre des cours ou simplement jouer en jeu libre ? poursuit-il, sur un ton professionnel.

Une rapide réflexion se met en route.

Je jette un coup d'œil discret en direction de la demoiselle, encore sur le court.

Et si, finalement, c'était ça mon plan parfait ? M'inscrire au club pour entrer dans le quotidien de la Belle et la fréquenter pour amorcer une prise de contact. Une excellente stratégie tout en douceur et pertinence, à condition de ne pas passer pour un charlot sur le court. Encore plus avec son niveau tennistique et celui du boulet. Il me faut donc retrouver quelques bases dans le jeu.

Et je vais m'y atteler !

Une grosse bouffée de satisfaction s'introduit dans mon corps.

#Perseverance #Creativite

– Cela serait pour prendre des cours, finis-je par répondre avec assurance. Et le plus tôt sera le mieux !

Il hoche la tête, puis m'indique le chemin du club-house.

– Je vous laisse faire les démarches d'inscription au secrétariat. Une fois que tout sera bouclé, revenez me voir et on tâchera de fixer un rendez-vous pour votre test de niveau. À tout à l'heure.

Sans attendre, je lui fausse compagnie ainsi qu'à la demoiselle, puis me hâte vers le bureau des inscriptions.

L'opération *Conquête de la Belle* a officiellement démarré.

CHAPITRE 11

Trois billets de cinquante plus tard, me voilà membre du club, au moins pour la période estivale. Je n'ose même pas imaginer le prix annuel...

Nick est ensuite rejoint près du club-house. Décision est prise de se donner rendez-vous en début d'après-midi, pour estimer mon niveau de jeu.

Cela me laisse le temps de rentrer à la maison, déjeuner et surtout retrouver une tenue sportive et une raquette dans mes affaires du passé.

Le bus est pris jusqu'à chez moi, puis un déjeuner léger – nouvelle hygiène de (futur) sportif oblige – avalé. Un Magnum double caramel vient clôturer le repas ainsi qu'une petite bière, histoire de me rafraîchir. Le régime peut encore un peu attendre.

Me voilà prêt maintenant à dénicher une tenue sportive. Mon ancien sac de tennis est rapidement trouvé. Puis, après une fouille archéologique poussée, un Challenger Adidas est débusqué dans mes placards. Ah, le Challenger ! le survêt mythique incarnant la classe absolue quel que soit l'endroit porté, sauf que c'était dans les années 1990 et que celui-ci sent à présent la naphtaline à plein nez. Bon...

Nouvelle fouille et seconde trouvaille : ma tenue sportive (de l'époque) à l'armée. A priori non dessinée par Karl Lagerfeld, vu son design aussi gai qu'un corbeau sous antidépresseur. Cerise sur le gâteau : le logo Armée de terre trônant, à moitié décollé, sur le haut du survêt défraîchi. Bref, je ne mise pas tout sur le bling-bling mais il y a quand même un minimum.

Dernière option (celle que je redoutais) : mon jogging vert moelleux, celui qui accompagne ma solitude, tous les soirs, depuis trop longtemps et pouvant être confondu désormais avec un sac à patate.

Pas le choix du cœur mais celui du portefeuille, après avoir autant dépensé ce matin. Je l'enfile, chaussé de mes Reebok Pump flambant neuves. Le résultat d'un entretien et d'un nettoyage poussés à l'extrême, à moins que cela ne soit dû à leur non-utilisation ces dernières décennies.

Ne manque plus que la raquette. Et là, pas de magicien pour en faire apparaître une. La seule à disposition est celle de mes quatorze ans : une raquette Rossignol F200 d'un autre temps. Seule consolation de ce modèle : elle m'avait été achetée lors de ma dernière année à l'école de tennis et ne me paraît pas d'une taille (totalement) ridicule.

En tout cas, me voilà chaussé et équipé. Prêt à tout défoncer sur le court et à en mettre plein les mirettes à la Belle. Tremblez tennismen, tenniswomen de tout âge et horizon, le nouvel Henri Leconte est là !

Après m'être enflammé un court instant, le soufflet retombe aussi vite.

Peut-être à cause de mon niveau de jeu, gamin, n'ayant jamais été délirant, de mon absence de pratique depuis belle lurette ou de ma panoplie de joueur, plus proche d'un suicide vestimentaire que d'un hommage à la profession.

Peut-être bien également les trois réunis...

Mais cela ne m'empêche pas de prendre la direction de l'Ace Tennis Club.

Restons focus sur l'objectif.

Le bus est repris dans l'autre sens. Une dizaine de minutes de trajet, puis me voilà arrivé au club, quelques minutes avant le rendez-vous.

Pas de trace de la Belle, cette fois-ci, sur les terrains.

Mais de Nick, si.

– Déjà arrivé ! me lance-t-il, satisfait. C'est très bien comme ça. Suivez-moi, on va aller sur le court 8. S'il est libre, on démarre, sinon on attendra que ça soit terminé.

Ce qui est finalement le cas puisque deux papys tapotent la balle avec autant d'allant que dans une doublette de pétanque sous pastaga.

– Vous jouez depuis longtemps ? me demande Nick, au bout de quelques instants d'attente.

– J'ai joué plus jeune. Mais là, ça fait un moment que je n'ai pas retouché la raquette, avoué-je.

– Oui, c'est ce que j'avais cru deviner. Reebok Pump et Rossignol junior de Wilander, c'est plutôt collector, me balance-t-il. Il ne vous manque plus que la tenue de Noah ou un bon vieux Challenger pour être raccord.

Son trait d'esprit le fait sourire. Moi, un peu moins.

Il change de sujet.

– Et sinon, vous appréciez des joueurs ou joueuses du circuit ?

– Oui, les attaquants du style Noah, Leconte, McEnroe ou Navratilova me plaisent bien.

– Je parlais plutôt de joueurs actuels comme Carlos...

L'image de Carlos, s'agitant sur *Papayou Lélé* avec son collier à fleurs me vient inexplicablement à l'esprit.

– ... Alcaraz, le prodige espagnol.

(Pas le même genre, je suppose...)

– Non, je ne connais pas, concédé-je.

– Ou, bien évidemment, le Big Three !

– Lebigfree ?! Ah non, je ne connais pas non plus. C'est un Américain ?

Il me dévisage comme si j'étais l'idiot du village.

– Mais non, le Big Three, c'est le terme utilisé pour parler des trois légendes : Federer, Nadal et Djokovic.

– Oui, bien sûr que je les connais, m'empressé-je de rétorquer (vexé). C'est juste le terme que je ne connaissais pas.

Pendant ce temps-là, les deux papys commencent à ranger leurs affaires.

Nous nous rapprochons de la porte du court.

– Ah sinon, reprend-il d'un coup, je ne vous ai pas

demandé comment vous vous appeliez ?

– Roger, je m'appelle Roger.

– Ro-ger ! s'exclame-t-il, surpris. Vous avez de la chance de porter un prénom aussi générateur de fantasme.

Je fronce les sourcils.

– Pourquoi vous dites cela ? marmonné-je, interdit.

– Bah, Roger. Roger Federer, le plus grand de tous les temps. Enfin, plutôt Rod-geur Fe-de-rer, le seul joueur ayant allié classe, performance et popularité à un aussi haut niveau. Avec ce prénom-là, vous partez avec un avantage sur la gent féminine *(sourire)*.

Je le dévisage comme s'il m'annonçait que les licornes roses envahissaient notre planète en hurlant à tue-tête *Highway to Hell*.

Roger, ce prénom ringard à porter devenant subitement sexy et attirant ?!

Incroyable et tellement surréaliste. Encore plus quand tu as subi, ça, gamin.

Dès le CP, d'ailleurs. Je revois encore monsieur Berbain, mon maître d'école, faire l'appel le jour de la rentrée. Chaque enfant levant la main au moment où il entend son prénom jusqu'à ce que le fameux « Roger » soit prononcé dans la salle et que plus aucun bruit ne se fasse entendre.

Mais qui peut donc s'appeler comme ça ? Est-ce un être fait de chair et de sang ? Est-il aussi dangereux que

Pat Hibulaire ? Parle-t-il la même langue que nous ?

Tous les élèves de la classe respiraient ces interrogations, attendant impatiemment – tels des loups assoiffés de sang – que la victime se désigne.

Et le premier acte courageux de ma vie eut lieu : lever lentement et fébrilement la main au milieu de cette bande de prédateurs. Dure épreuve pour un môme de six ans, prolongée à la récré par *Roger est un vieux bébé, Il s'appelle comme un papy* ou *Roger, c'est un nom de gros pépère qui pue du derrière.*

Un surnom me tiendra ainsi compagnie une bonne partie de l'année, Pépé Roger, ainsi qu'une rumeur calomnieuse : il a le même prénom que le chasseur qui a tué la maman de Bambi. Pas simple et vraiment dégueulasse !

Bon, cela me valut aussi plusieurs bisous de la belle Émilie – qui devait avoir un faible pour les garçons isolés ou les prénoms de tueurs de biche – mais quand même. Chaque jour, je priais pour que ce prénom ne soit plus le mien. Dans mes rêves les plus fous, j'imaginais même le maître d'école m'appeler – comme par magie – par un autre prénom. N'importe lequel mais plus Roger.

Et mon vœu fut un jour exaucé.

Monsieur Berbain tomba malade et lorsque son remplaçant fit l'appel, mon prénom maudit fut remplacé par un autre.

#ToujoursCroireEnSesReves

Sauf que ce fut René au lieu de Roger.

Toute la classe ria à gorge déployée. Cela me valut d'être appelé Pépé René pour le reste du trimestre. Seul lot de consolation : la rumeur autour de Roger, le tueur sanguinolant de la mère de Bambi, s'arrêta d'elle-même. Seul regret : les bisous de la petite Émilie aussi.

Voilà pour ce qui est de l'enfance.

Mais l'adolescence ne fut pas non plus un long fleuve tranquille, surtout avec le sexe féminin. Le nombre de fois – je ne compte plus – où tout se passait bien avec une fille : discussion, complicité, ambiance fluide. Bref, un rapprochement en bonne et due forme jusqu'à la question fatidique : *Et comment tu t'appelles, sinon ?*

Et là, patatras. Fin de la lune de miel. Toujours dans le même ordre, d'ailleurs.

Mon prénom était dévoilé.

Effet de surprise immédiat.

Un blanc s'installait.

Puis une sorte de réflexion, d'enchaînement intérieur prenait le pas chez la fille : *Il se moque de moi ou quoi... ?! Roger comme Roger Hanin ou Roger Rabbit... ?! Ça craint franchement de s'appeler comme ça... Les copines vont se foutre de moi... Je vais quand même pas sortir avec un Roger.*

Et voilà...

#GameOver

Elle finissait alors par continuer la conversation sur un mode redevenu amical, avant de s'éclipser. Il aurait pourtant suffi de m'appeler Nicolas, Jérôme, Manu, voire même Jean-Édouard ou Pierre-Henry (j'étais prêt à tout) et le monde du flirt me serait apparu moins virtuel.

Mais non, il avait fallu que l'on me nomme Roger. Adieu les Hélène, Ophélie, Delphine, Julie, Florence ou Caro. Ma seule chance de flirter consistait à prendre une DeLorean avec Marty et Doc et revenir dans les années 1960 pour emballer les Solange, Jacqueline, Gisèle et Nicole. Seule opportunité viable avec mon prénom. Tu parles d'une destinée.

J'en étais même arrivé à me demander si ma mère n'avait pas choisi sciemment ce prénom pour m'éloigner du sexe opposé. Pas de concurrence, ainsi. Son petit Roger était blacklisté naturellement chez les filles. Et elle me gardait à ses cô...

– Vous venez ? me ramène soudain à la réalité Nick.

Je regarde tout autour de moi.

Ah oui, en effet, les deux papys sont partis.

Le court est maintenant vide, abandonné, désert.

Prêt à m'accueillir pour nouer des liens profonds.

Prêt à m'accueillir pour écrire une belle histoire.

Espérons que cela se termine mieux qu'avec les filles...

CHAPITRE 12

Me voilà maintenant sur le court, armé de mon instrument de guerre. Nick se met en place, face à moi, avec son panier de balles. L'heure de vérité a sonné.

– Le test dure combien de temps ? m'informé-je avant auprès de lui.

Il s'approche du filet.

– Cela va être rapide. Dix minutes maxi, puis on fera le point après.

Hochement de tête de ma part.

– Allez, en position maintenant !

Je m'exécute, en retournant sur la ligne de fond. Il m'envoie une première balle renvoyée, avec fébrilité, dans le filet. Puis une seconde renvoyée, avec moins de timidité, cette fois-ci, mais toujours dans le filet. La suivante est alors frappée avec puissance et férocité pour éviter ce maudit filet.

Mission accomplie.

Un peu trop bien, d'ailleurs. Nick a tout juste le temps de baisser la tête pour éviter mon missile qui s'abat, avec fracas, sur le grillage.

Un peu pâle, il me demande de jouer plus « cool », puis me délivre un nouvel engagement. Enfin remis dans le court, même si la hauteur démesurée de ma balle lui permettrait de prendre une douche, mater une série et revenir sans que celle-ci ait encore rebondi sur le terrain. La balle suivante, toujours aussi haute, termine, elle, en-dehors des limites du terrain. Et pas qu'un peu.

Nick me regarde, dubitatif, pensif même, puis quitte le court sans un mot.

Me laissant tout con.

Mais qu'est-ce qui lui arrive ? Quelle mouche l'a piqué ?

Son absence se prolongeant, mes doutes surgissent : si ça se trouve, mon niveau est tellement cata qu'il a lâché l'affaire ou bien il a subitement décidé de me dénoncer à propos de l'épisode de la porte.

Fort heureusement pour ma confiance naturelle, Nick revient au même moment avec deux raquettes dans la main : la mienne et une plus imposante.

– Je me suis douté, enchaîne-t-il, au fur et à mesure de vos frappes et du bruit fait, que votre cordage était complètement détendu. J'aurais dû même le deviner avant, vu l'année et la taille du modèle.

(En même temps, plus de trente ans sans jouer...)

– Bref, je suis allé dans le local et vous ai amené une vraie raquette. Cela va vous changer la vie. C'est un format adulte avec un bon cordage qui ne date pas de la préhistoire.

Je le remercie, ravi d'avoir du bon matériel et soulagé de me dire que mon niveau de poulpe provenait de ça.

Enfin, j'espère.

Le test redémarre avec plus de consistance et de régularité dans mes coups.

Mais bon, ce n'est quand même pas le pays du talent. La balle navigue sur le terrain, certes, mais elle doit être proche de moi, à bonne hauteur et à vitesse réduite sinon la faute directe intervient automatiquement.

Au bout de dix minutes, Nick met fin à la purge.

– Bon, on est sur du vert-vert plus, intermédiaire en fait, m'annonce-t-il. Pas encore prêt à jouer en dur mais pas à des années lumières, non plus. Plutôt dans un cycle perfectionnement court.

#SOSGoogleTraduction

– Euh, c'est-à-dire ? tenté-je de percer le mystère.

– C'est plutôt niveau moyen. Mais avec un bon travail, vous allez pouvoir bientôt vous refaire plaisir.

Hochement de tête satisfait de ma part.

– Quand vous indiquez bientôt, ça veut dire combien de temps ?

– Disons qu'avec la formule été, vous aurez une heure de cours collectifs par semaine. Cela devrait être suffisant pour retrouver une base correcte d'ici deux mois.

Le fol espoir d'impressionner la Belle sur un court, pour attirer rapidement son attention, s'éloigne. Même si au fond de moi, je m'y attendais un peu. C'est comme ça, il va falloir être patie...

Au même moment, la belle demoiselle, en compagnie du boulet, marche à côté de notre terrain, accaparée par sa tchatche.

– Je pensais être meilleur aujourd'hui, lui glisse-t-il d'un sourire ultra-bright, mais après cette nouvelle déroute, je ferais peut-être mieux de me reconvertir en... ramasseuse de balles.

Elle éclate de rire.

– Haha, qu'est-ce que t'es bête !

– Ah non, sérieux, tu joues avec une telle aisance, cela en est presque envoûtant.

Puis ils s'éloignent, indifférents à ma présence et ne semblant faire qu'un. Mon sang ne fait qu'un tour.

– Et si je veux que ça aille plus vite, que mon niveau de jeu augmente plus rapidement, comment je fais ?

– Bah, vous prenez des cours particuliers avec moi, me répond Nick. C'est plus efficace mais plus cher.

– Pas grave, rétorqué-je spontanément. Partons sur ça et vite. Quand pouvez-vous être dispo ?

– Dès maintenant, me dit-il, enfin, dès que vous serez retourné au secrétariat pour régler à l'avance les cours particuliers.

Et voilà comment, quinze minutes plus tard, six nouveaux billets de cinquante disparaissent de mon portefeuille.

Magie de l'amour.

Magie du tennis.

Et surtout, magie noire à venir pour le palpitant de mon banquier.

CHAPITRE 13

Me voilà rincé.

Financièrement, et bientôt physiquement.

Une heure à venir, en solo avec Nick, sur une carte me donnant droit à dix heures de cours individuels pour cet été. En plus des cours collectifs hebdomadaires, programmés tous les vendredis. Bref, ça va être sport dans tous les sens du terme, mais c'est l'objectif voulu pour impressionner la Belle et l'empêcher de tomber dans les bras du bellâtre.

C'est parti ! le cours démarre avec des balles semblant dégonflées. J'en fais la remarque à Nick.

– On en a parlé, tout à l'heure, me répond-il. Vous avez besoin de réapprendre les gestes techniques. On va donc utiliser des balles intermédiaires. Elles ont moins de pression et sont plus lentes que les balles classiques...

(Traduction : pour une quiche comme toi, c'est parfaitement adapté.)

– Cela vous laissera plus de temps pour vous organiser et vous réapproprier votre technique.

(Qu'est-ce que je disais !)

Je maugrée, un peu vexé que des balles de mômes soient utilisées en mon honneur, puis nous reprenons l'entraînement. Un entraînement technique, avec des balles essentiellement mises sur moi. Sur chaque frappe, Nick me demande de me concentrer sur ma gestuelle et ses correctifs, énoncés au fur et à mesure. Objectif (pour reprendre ses termes) : répétition et automatisation du geste – en coup droit comme en revers. Bref, l'heure passe plutôt vite sans trop puiser dans mes ressources physiques, jusqu'au moment où la Belle repasse, une nouvelle fois – seule cette fois-ci – devant notre terrain. N'écoutant que mon panache, je délivre alors une série d'accélérations au maximum de mon intensité et de mon énergie. Au grand dam de mon coach qui voit toutes mes improvisations filer dehors et ses consignes laissées à l'abandon. Au grand désintérêt de la Belle également, qui passe encore sans un regard, inconsciente des (nombreux) efforts faits pour attirer son attention.

La première heure de cours se termine ainsi, sur cette nouvelle déception, me laissant un peu découragé de cette indifférence chronique. Nous nous asseyons ensuite au bord du terrain pour « débriefer ».

– Vous allez bien, Roger ? me demande, circonspect, Nick.

– Oui, oui, ça va, tenté-je pour donner le change. L'entraînement s'est bien passé. Ça allait de mieux en mieux, au fur et à mesure de l'heure. Mes coups restaient plus dans le terrain. C'est vraiment positif.

– OK. Mais je vous parlais... *(pause)* Je vous parlais de ce qui s'est passé en fin de séance. Pourquoi avez-vous frappé ces dernières balles comme une brute juste au moment *(nouvelle pause)*, juste au moment où Élisa passait ?

(...)

(Élisa, c'est comme ça qu'elle s'appelle ?!)

(Élisa, quel prénom magnifique !)

♫ Élisa, Élisa,

Élisa, saute-moi au cou,

Élisa, Élisa,

Élisa, cherche-moi des p... ♪♪

– Roger, Roger... Ro-ger ?!

Je reviens à la réalité. Mon cerveau se reconnecte.

Enfin presque.

– Excusez-moi, vous disiez ?

– Je vous demandais ce qui s'était passé sur les dernières balles quand Élisa est passée.

– Élisa ?! Mais de qui vous parlez ? demandé-je, d'un air innocent.

– Élisa est la jeune femme qui vient de passer juste devant notre court, me répond-il, le visage fermé. Celle que vous observiez intensément, caché derrière un arbuste hier. Celle qui captivait encore votre regard ce matin.

Mon sourire s'évanouit.

– Celle qui vous a fait prendre direct une carte de cours particuliers tout à l'heure. Et enfin, celle qui vient, à l'instant, d'avoir droit à vos frappes de bûcheron. Bref, voilà qui est Élisa.

~~Petit~~ Grand moment de silence.

Me voilà revenu à l'époque de la primaire. Rouge et mal à l'aise. Et cette fois-ci, pas de bisou de la petite Émilie pour me faire me sentir moins seul.

Démasqué, purement démasqué. Une fois de plus.

– Comment vous en êtes-vous rendu compte ? lui dis-je tout penaud, bien conscient que nier ne servirait à rien.

– Il faudrait être aveugle pour ne pas le voir, me répond-il, tout de go. Hier, vous l'espionniez. Ce matin, vous bloquiez littéralement devant elle et là, vous décidez de prendre des cours particuliers, juste après l'avoir vu passer. Clair et limpide.

J'acquiesce, fortement décontenancé par son ton accusateur et le fait que mon coup de foudre ait été aussi décelable.

– Vous comprendrez, poursuit-il, qu'entre votre fuite du club hier par la fenêtre et votre obsession pour Élisa, je puisse être inquiet.

(Je rêve ou le mec me prend pour un déséquilibré mental ?)

– Ce n'est pas ce que vous croyez, répliqué-je aussitôt. Tout d'abord, pour l'épisode du bar, je me suis retrouvé *(que dire ?!)*, je me suis retrouvé... coincé dans les toilettes, oui, c'est ça, coincé dans les toilettes. N'osant pas attirer l'attention, j'ai voulu sortir discrètement par la fenêtre. Puis, quand j'ai vu les proportions que ça prenait, j'ai paniqué et fui.

#TeamPinocchio

Nick dodeline de la tête, un long moment, l'air plutôt convaincu.

– C'est donc ça... Je ne vous cache pas qu'après votre départ, je suis allé vérifier au bar que vous n'étiez pas un client fuyant son addition. Mais le serveur avait toutes ses commandes payées. En plus, il ne voyait pas qui avait fait ça et, surtout, pourquoi cet inconnu s'était sauvé comme un voleur par la fenêtre.

#Teamsoulagement

– Mais cela ne répond toujours pas à mon autre question : pourquoi suivez-vous Élisa ?

Long silence. Pas d'explication tombée du ciel comme pour le bar, ni de répartie pour contourner la vérité. Rien, absolument rien.

Nick semble sentir mon trouble.

– Continuons cette discussion devant une boisson fraîche, dit-il, je vous invite.

J'acquiesce, soulagé de gagner quelques précieuses secondes, puis le suis vers le bar, revêtu de ma casquette bien enfoncée (sait-on jamais) afin de ne pas me faire reconnaître par le serveur ; mon esprit continuant à réfléchir intensément à la façon de m'en sortir. Nous nous installons à une table en face du lieu maudit (avec sa porte remplacée). Le serveur arrive dans la foulée. Soulagement immédiat : celui-ci ne me remet pas, même lorsque mon imposant couvre-chef est enlevé. C'est déjà ça.

Une fois le double Coca commandé et après mûre réflexion, ma décision est prise : je vais lui dire la vérité, toute la vérité, rien que la vérité. Tout d'abord parce qu'aucune autre explication détournée ne me vient à l'esprit, mais aussi parce que sa perpétuelle méfiance vis-à-vis de moi est un vrai frein à ma quête. Sans oublier qu'il me faut un relais au sein du club pour mener à bien l'opération *Conquête de la Belle.* Peut-être que le fait d'être honnête et transparent va resserrer nos liens et lui donner envie de m'aider.

#Oupas

Je prends alors une grande inspiration et lui raconte tout ce qui s'est passé depuis ma rencontre avec la Belle : mon coup de foudre, la filature, mes inquiétudes sur le boulet, mon improvisation de prendre des cours, l'objectif de rentrer en contact avec elle et l'espoir de la conquérir.

Rien n'est occulté, tout est avoué. Enfin presque, l'épisode réel des toilettes ne m'ayant pas paru indispensable à rectifier.

Sitôt mon *speech* terminé, il me dévisage, mi-halluciné, mi-amusé.

– En effet, il y a certaines choses dont je me doutais mais pour le reste... *(il se gratte la joue).* Sacrée histoire, en tout cas ! *(son regard devient intense).* Votre plan est donc de retrouver un niveau correct, faire connaissance avec elle, puis l'inviter à jouer pour essayer de la séduire ?

– Oui, c'est grosso modo ça. Sans trop savoir dans

quel ordre et comment je vais m'y prendre, avoué-je.

Il me fixe de nouveau. La suspicion a disparu de ses traits. Il me semble presque y lire maintenant un peu de bienveillance. Peut-être l'occasion d'en savoir plus.

– Et sinon, vous connaissez un peu Élisa ? Elle vient souvent jouer ?

– Oui, c'est une amoureuse de ce sport, sourit-il, pas dupe de mes questions. Elle connaît tout le monde ici. Normal, en même temps, c'est la vice-présidente du club.

Mes yeux s'écarquillent.

– La vice-présidente ! Elle est donc joueuse et dirigeante.

– Oui, c'est ça, me confirme-t-il. Et très investie, d'ailleurs, dans les deux domaines. À la fois passionnée et rigoureuse *(court silence)*. Elle a même été présidente de longues années. Une présidente à l'écoute des adhérents et de nous, salariés. Une femme bien avec de belles valeurs, prête à écouter et à s'impliquer dans la vie du club. Cela a été un grand regret pour tout le monde qu'elle passe la main.

(Waouh !)

Mille questions tournent dans ma tête. Mais une seule me parait importante, voire même vitale à poser.

– Et sinon, vous pouvez m'en dire un peu plus sur... sur sa vie et ce bellâ... cet homme à ses côtés. Comme elle est vice-présidente et vous, directeur, vous devez savoir si elle est...

– Célibataire ou pas, finit-il ma phrase, c'est ça ?

J'acquiesce nerveusement.

Il prend un air embarrassé, limite navré.

Tremblement de terre immédiat dans mon organisme. C'est ce que je redoutais : une fille comme ça ne pouvait pas être seule. C'était l'évidence même... Mes espoirs s'évaporent comme un feu de paille, mon cœur se déchire en mille morceaux, la douleur m'engloutit. Je suis condamné à errer seul dans mon existence, condamné à...

– En fait, j'en sais rien.

(... tu pouvais pas le dire plus tôt ?!)

– Je sais qu'elle sort d'une séparation difficile mais j'ignore si, depuis, elle a rencontré quelqu'un,

(L'espoir demeure...)

– Si elle est célibataire ou avec Raphaël.

(C'est donc lui le boulet.)

– En tout cas, elle n'a jamais été accompagnée à une soirée du club, depuis sa séparation.

Rien n'est donc sûr. Je souffle intérieurement. De part et d'autre, succède à ces nombreuses révélations un grand moment de silence.

– Roger ? le brise-t-il soudain.

– Oui.

– J'ai quelque chose qui pourrait vous aider pour Élisa.

CHAPITRE 14

– Suivez-moi, me dit Nick.

Tout à ma surprise, nous sortons du bar. Sans un mot, il m'emmène en direction du club-house. Ai-je bien entendu ? Ma transparence l'aurait-elle convaincu de m'aider ? Mes pensées continuent à s'agiter dans tous les sens. Mais qu'entend-il par « aider » ? Et comment ? A-t-il un plan ? Veut-il me livrer quelques secrets ? Ou peut-être me la présenter là, comme ça, tout de suite, sans détour ? Et si c'est le cas, qu'est-ce que je vais bien pouvoir lui...

– Voilà ! m'annonce-t-il, soudainement, en me désignant la porte d'entrée.

Je scrute ce qu'il y a devant moi. Une grande affiche est collée sur la porte annonçant un tournoi de double surprise, ce samedi.

– Et alors ? m'exclamé-je, étonné.

– Et alors ? répète-t-il, en hochant la tête *(il me regarde droit dans les yeux)*. Et alors... je ne sais pas si Élisa est vraiment célibataire, je ne sais pas s'il peut se passer quelque chose entre vous, mais je sais reconnaître le discours d'un homme passionné, prêt à mettre toutes ses tripes pour suivre sa folie et écouter son cœur. Et ça, ça me plaît ! *(il me décoche son premier « vrai » sourire)*. C'est de cette manière-là que j'ai conquis ma femme et ça a débouché sur quinze ans de bonheur et deux enfants.

Une (inattendue) tape amicale conclut son discours et atterrit virilement sur mon dos. Je ne sais que dire. Surprise et espoir se succèdent à tour de rôle. Un allié a semble-t-il été gagné dans ma quête, même si l'incompréhension reste de mise devant cette affiche.

Nick semble lire dans mes pensées.

– C'est un tournoi que j'organise ce samedi, poursuit-il. Il y aura seize participants et huit équipes tirées au sort. Élisa est déjà inscrite et il me reste encore une place. Vous voyez où je veux en venir... *(silence).* C'est une réelle opportunité de la côtoyer durant cette journée et de faire connaissance avec elle en douceur.

– Mais je n'ai pas du tout le niveau pour jouer un tournoi. Vous êtes bien placé pour le savoir.

– Tout d'abord, sourit-il, c'est un tournoi amical. Tous les niveaux seront réunis. Et d'autre part, ça nous laisse encore cinq jours pour vous amener à un niveau décent *(nouveau silence),* car attention *(son visage devient grave),* bien que ça soit amical, cela demeure une compétition. Il va donc falloir être prêt. Hors de question d'être ridicule sur le court, il faut mettre toutes les chances de votre côté.

– Vous pouvez compter sur moi, lui assuré-je, convaincu et gonflé à bloc. Je vais tout donner à l'entraînement.

– Alors, remettons-nous-y dès maintenant ! Et demain, on poursuit avec deux heures par jour, jusqu'à vendredi. On va utiliser vos dix heures de cours particuliers. Ce ne sera pas de trop.

Dix minutes plus tard, nous (re)voilà sur le court. Ma motivation n'a jamais été aussi forte. Nick prend son seau de balles et me place en fond de court. Puis d'un coup, sa (récente) bienveillance fait place à un être tyrannique. Il me distille les balles dans tous les sens en ~~m'indiquant~~ hurlant les correctifs à appliquer sur chaque frappe. Le gars est devenu méconnaissable, habité par sa nouvelle mission et aussi bienveillant qu'un pitbull psychopathe.

Je cours comme un dégénéré, sans répit et sans repos. Une balle envoyée à gauche, une balle envoyée à droite, une autre à gauche, une autre à droite, ça continue à droite, ça revient à gauche, et il persévère à gauche, et il m'achève à droite. Bref, un grand malade mental.

Sait-il qu'un homme, à partir de cinquante ans, a deux fois plus de risques d'avoir un infarctus ? Je l'ai lu dans une revue médicale de référence, à moins que ce ne soit dans *Télé Star.*

Mais bon, peu importe. De toute façon, il s'en fout et pas qu'un peu.

De nouveaux enchaînements de balles aux deux extrémités du terrain me sont distribués avec générosité. Le tout saupoudré de beuglements du style *Préparez plus tôt, Restez en équilibre à la frappe* ou *Finissez votre geste.*

Je suis au bout de ma vie.

Comme l'impression que cette séance a démarré il y a un jour, y a un siècle, y a une éternité. Me voilà même en train de réciter du Joe Dassin ; preuve s'il en est de mon état physique et psychologique fortement dégradés. Mais heureusement, même les tortures les plus ignobles s'achèvent à un moment donné.

Quinze minutes plus tard, Nick le despote met fin à mon chemin de croix et se retransforme en être humain doté d'humanité.

– C'est bien, Roger, vous avez fait du bon boulot ! On a bien avancé sur cette heure.

Mais mon organisme est trop épuisé pour s'en réjouir. Ma seule motivation étant de prendre une douche, choper un bus et plonger dans mon canapé.

Je le remercie pour son (immense) aide et ses conseils, puis nous nous donnons rendez-vous le lendemain matin, sur le même court. L'instant d'après, je prends la direction du club-house, aussi frais qu'une groseille passée à la centrifugeuse.

Mes retrouvailles avec le sport sont terribles.

CHAPITRE 15

Comme un zombi, je traverse le club-house. Mon dos est en vrac, mes jambes font trois tonnes et mes fringues ont muté en serpillière liquide. Et certains vous diront que le sport permet de de se sentir bien dans son corps et sa tête...

#BandeDeMythos

Après quelques mètres, le vestiaire est trouvé. J'ouvre péniblement la porte.

Une migraine s'est installée et s'ajoute à la liste des maux, mais le bruit des douches, à l'autre extrémité du vestiaire, me redonne un peu de vigueur. Ça va faire du bien de se prélasser sous le jet pour récupérer de cet enfer et soulager mes raideurs. Il règne en plus un calme olympien dans ce vestiaire. Un calme rassérénant, apaisant. Seuls quelques chuchotements lointains se font entendre, du côté des douches. Quelques sacs de tennis traînent également sur les bancs. Mais personne – à part moi – dans cette partie du vestiaire. Plus besoin d'improviser, de courir ou d'échafauder des plans, comme c'est le cas depuis hier. Juste me laisser aller.

#Enfin

Mes fringues inondées de sueur sont tranquillement enlevées, puis rangées dans un petit sac plastique, à l'écart. Je rêvasse ensuite quelques minutes sur le banc.

Mon corps commence peu à peu à se détendre. C'est le moment d'y aller. Mon dernier bout de tissu est enlevé. Me voilà nu comme un ver, prêt à goûter à la récompense du brave. Ma serviette se pose nonchalamment autour de mes épaules, puis la direction des douches est prise. Les deux portes battantes sont poussées et...

Et...

(...)

Instant de stupeur.

Sous mes yeux, un vivier de nanas.

Toutes à poil, sous leurs jets.

#CestQuoiCeDélire

Nous nous dévisageons, hébétés.

Elles crient.

Je crie.

Nous crions.

Un balbutiant *Pa... pa... pardon, j'ai... j'ai dû me tromper* franchit pitoyablement mes lèvres. Une réplique collective *Gros pervers ! Vicieux ! Obsédé !* lui succède dans la foulée. Je suis paralysé par la honte et la gêne. Vite, faire ou dire quelque chose. Là, maintenant, tout de suite. Mon cerveau se reconnecte, mes bras, restés pathétiquement le long de mon corps, viennent aussitôt cacher mes attributs. Puis l'instinct de survie est activé : demi-tour effectué, portes battantes repassées, serviette autour de la taille nouée et sortie du vestiaire vite fait.

Un peu trop vite fait, d'ailleurs.

À peine franchie la porte, mon pied droit dérape sur le sol et je m'affale, de tout mon long, en plein couloir du club-house, comme une vieille merdasse. Les quatre fers en l'air, pétrifié et la serviette s'étant sournoisement libérée de ma taille. Peut-on se retrouver dans une situation plus consternante et humiliante ?

Et bah, oui.

– Ça va, monsieur ? demande une voix gênée et mal à l'aise, derrière moi.

Une voix féminine reconnaissable.

Bien trop reconnaissable.

La serviette, traînant à mes côtés, est empoignée désespérément, puis ajustée à un endroit stratégique de mon corps. Rouge (écarlate) de confusion, je me retourne vers la Belle.

– Oui, ça va. Merci.

Elle est embarrassée.

Je suis mortifié.

Nous venons officiellement de faire connaissance et d'échanger nos premiers mots. Je ne pouvais rêver mieux...

– Le parquet était mouillé et j'ai perdu l'équilibre, tenté-je (bravement) de me justifier, mais plus de peur que de mal. Ce n'est rien, au final.

(Si t'enlèves, bien sûr, mon humiliation et mon amour-propre piétiné.)

– Vous faites partie du club, monsieur ? me demande alors une voix venant de l'autre côté.

(Mais ils vont tous débarquer ou quoi ?!)

Un homme bedonnant, l'air accusateur, s'approche de nous.

– Oui, oui, bien évidemment, je me suis inscrit ce matin au secrétariat, m'empressé-je de répondre.

Ça semble (un peu) le détendre.

– Alors, bienvenue au club, enchaîne la Belle. Je suis Élisa, vice-présidente. Et voici Marc, le président. Ravi de vous compter parmi nous.

(Aussi charmante que ravissante.)

– Mais vous sortiez d'où comme ça ? poursuit, suspicieux, Columbo, enfin je veux dire Marc.

Une nouvelle onde de chaleur envahit mon visage.

– Bah, je... en fait, je me suis trompé de vestiaire. Et... et je ne m'en suis pas rendu compte tout de sui...

Au même moment, un sac plastique – mon sac de linge sale – m'atterrit en pleine tronche et toutes mes affaires (odorantes) se répandent dans le couloir.

Toutes les têtes se tournent vers l'endroit du lancer : la porte des vestiaires.

Dans l'entrebâillement apparaît alors une tête outrée. Celle d'une femme d'âge mûr, brièvement croisée, il y a quelques instants sous les douches.

– T'avais oublié ça, espèce de sale mateur ! vocifèret-elle, avant de refermer la porte avec fureur.

Certainement sa manière à elle de me souhaiter la bienvenue au club...

Petit instant de silence collectif.

– Mais qu'est-ce qui s'est passé là-dedans ?! l'interrompt le président, sur un ton à mi-chemin entre inquiétude et prudence contenue, au cas où mon statut de détraqué sexuel se confirmerait.

– C'est... c'est ce que je vous disais, bredouillé-je, terriblement mal à l'aise, je me suis rendu compte de ma... ma méprise au moment où... enfin quand j'ai croisé cette dame et d'autres dans des tenues un peu dévêtues *(pause)*, voire même complètement dévêtues.

Je baisse la tête comme un enfant pris sur le fait, après une énorme bêtise.

L'étonnement se lit chez Élisa. Plutôt la colère chez Marc.

– Mais comment peut-on se tromper de la sorte ?! s'énerve-t-il en me désignant la porte du vestiaire, il y a un picto avec une robe et la lettre F juste au-dessus. LÀ ! F comme Fem-mes. C'est fou, ça... !

– Je suis désolé, vraiment désolé, m'excusé-je, tout penaud. Ce n'était vraiment pas mon objectif de...

– Bah oui, j'espère bien, me coupe-t-il, tout en s'agitant comme une pile électrique. Tâchez de faire attention la prochaine fois et que cela ne se reproduise plus ! Au revoir, monsieur.

Dans la foulée, il file dans le couloir sans un regard pour moi, suivi par Élisa me gratifiant d'un sourire énigmatique. Impossible de savoir si c'est de la compassion, de l'amusement ou de la consternation.

Super...

Le couloir est maintenant vide. Seule ma serviette m'est restée (cette fois-ci) fidèle. Une fois mes affaires ramassées, quelques mètres sont faits et le bon vestiaire est trouvé. Le picto avec pantalon et H au-dessus me le confirme.

Comment ne m'en suis-je pas rendu compte ? F comme Femmes.

Ou plutôt, devrais-je maintenant dire, F comme Faillite totale.

CHAPITRE 16

Demain est un autre jour : mon carpe diem préféré, plus jeune, à chaque note cata en classe et/ou râteau avec le sexe opposé, et qui l'est resté. Encore plus ce matin au réveil, malgré la rencontre *lose* de la veille. Il faut rester positif, s'entraîner fort et repartir sur une nouvelle dynamique avec Élisa.

Un petit déjeuner équilibré est pris avant l'entraînement, en mode sportif de haut niveau avec lait et céréales. Bon, également avec une tartine de Nutella (mais vraiment rikiki). Habillage ensuite de l'athlète avec tee-shirt blanc, jogging du canapé et Reebok Pump. Puis préparation logistique : raquette de Nick, gourde, barre céréales, serviette, déo et affaires de rechange viennent s'engouffrer dans le sac de tennis.

Tout est prêt.

Trois quarts d'heure plus tard, me voici au club devant le court, avec Nick débarquant dans la foulée.

– Alors, Roger, prêt à tout donner ?! me délivre-t-il, tout sourire, à peine arrivé à ma hauteur.

J'acquiesce de la tête, ravi de l'accueil. Son attitude suspicieuse à mon égard a littéralement changé depuis cet entretien « vérité » et fait place à une bien agréable convivialité. Cette grande avancée compense (un peu) ma faillite de la veille avec Élisa.

Nous voilà, quelques instants plus tard, sur le terrain. Seau et balles d'un côté, raquette et motivation de l'autre. Et c'est parti.

Avec (de nouveau) transformation immédiate – à mon grand désespoir – de Nick en coach tyrannique et statut de *serial victim* de mon côté. Croisées, décroisées, courtes, longues, basses, hautes ; toutes les trajectoires possibles de balles me sont proposées avec la mission d'être présent sur chacune d'entre elles, de respecter scrupuleusement les consignes de l'aboyeur en chef et de remettre méthodiquement la balle dans le terrain.

Une vraie torture.

Continuelle.

– Démarrez plus vite... Tournez les épaules... Descendez sur vos jambes... Ne sautez pas au moment de frapper... Plantez vos appuis.

(Tu sais où je vais te les planter mes appuis ?!)

Bref, ces deux heures passent aussi vite qu'une enquête de l'inspecteur Derrick.

Mais il faut avouer (quand même) que la rigueur intransigeante de Nick et mon implication sans faille commencent à donner des résultats intéressants, ou tout du moins une réelle progression.

Confirmée, quelques instants plus tard, par mon despote de coach.

– C'est bien ! Bonne séance.

Je me redresse, fier comme un paon.

– À partir de demain, poursuit-il, on passera en balles dures. C'est une excellente chose ! Les temps de passage sont respectés pour samedi.

Un grand sourire vient conclure sa phrase et un frisson de satisfaction (ou d'épuisement) vient me parcourir.

Après avoir rangé nos affaires, nous nous dirigeons ensuite vers le bar. Même protocole que la veille avec double Coca commandé, suivi d'un débriefing sur ce qui s'est passé sur le terrain et des objectifs à venir. Même si mon corps est encore en ruine, il semble (un poil) plus apte à encaisser les dingueries de Nick.

– Sinon, Roger, reprend-il, j'ai réfléchi à notre conversation d'hier. Ce serait peut-être bien que, d'ici samedi, vous arriviez à entrer en contact avec Élisa, qu'elle vous remarque un peu avant le tournoi de double.

(Comment te dire...)

– Ça permettrait de... *(il s'interrompt d'un coup).* Hey ! Salut Claudine, comment tu vas ?!

– Très bien, Nick. Et toi ?

Je me retourne et tombe nez à nez avec la sexagénaire m'ayant redonné avec « vigueur » mon sac de linge sale, hier après-midi.

Son visage se durcit aussitôt.

– Viens que je te présente Roger, un nouvel adhérent.

– Pas la peine, rétorque-t-elle, glaciale. Nous n'avons déjà plus de secrets l'un pour l'autre.

Dans la foulée, elle s'éloigne, droite et digne devant les yeux abasourdis de Nick.

– Euh, vous pouvez m'expliquer là ?! me demande-t-il, aussitôt.

Et voilà comment l'épisode malheureux des vestiaires, suivi de mes premiers échanges avec Élisa lui sont relatés, sans oublier la rencontre avec le président ou la précision au lancer de cette charmante Claudine.

Il me dévisage, interdit.

– Décidément, vous n'êtes pas...

– Oui, je sais, le coupé-je, on ne peut pas dire que j'ai marqué des points auprès d'elle.

– C'est le moins que l'on puisse dire, me « réconforte »-t-il avec diplomatie.

Un long silence s'installe ensuite entre nous. Nick semble plongé dans ses pensées. J'en profite pour le laisser et aller prendre ma douche, en essayant cette fois-ci de ne pas produire de nouvelle catastrophe.

CHAPITRE 17

Qui dit mésaventure marquante, dit excès de prudence. Pour cette raison, et bien que sachant où est maintenant le bon vestiaire, je me glisse à pas de velours dans celui-ci. Aucune âme, comme la dernière fois, près des bancs.

La direction des douches est alors prise pour ultime confirmation. Toujours personne. Mais la présence rassurante d'urinoirs mâles à l'autre bout de la pièce.

La preuve indiscutable qu'il n'y aura pas d'autres Claudine et nymphes à poil parachutées devant mes yeux.

Cela me permet de me détendre et de profiter des douches en solo. Je fais couler le jet de longues minutes sur mon corps meurtri. De très longues minutes. Mon esprit déambule entre les progrès à faire encore dans mon jeu, le prochain tournoi de double et, bien évidemment, Élisa.

Ah, Élisa, son style, sa beauté, sa fraîcheur, sa grâce, son élégance.

♫ Woh-oh-oh-oh, je t'aime à l'italienne,

Woh-oh-oh-oh, je t'aime à l'italienne ♪♪

(Oh non, pas encore lui...)

Frédéric François dans la tête. Une fois de plus.

(...)

Oh, et puis tant pis !

La chanson est alors fredonnée à tue-tête dans la douche.

♫ Woh-oh-oh-oh, je t'aime à l'italienne,

Woh-oh-oh-oh, je t'aime à l'italienne,

Notre histoire d'amour ressemble à la dolce vita,

J'ai loué pour un soir tous les violons de la Scala,

Il y a sur tes lèvres un peu de Fellini Roma,

Et moi dans mes rêves, j'ai des envies de vendetta,

Woh-oh-oh-oh, je t'aime à l'ita... ♪♪

Mon interprétation s'arrête d'un coup. Un doute surgit. Lorsque Frédéric François dit *dans mes rêves, j'ai des envies de vendetta,* sa phrase pourrait-elle être mal comprise ? Et traduite par *dans mes rêves, j'ai des envies devant des tas !* Attention. Oui, attention à la mauvaise interprétation par certains esprits tordus voyant le mal partout car après, ce n'est plus la même chose. Adieu le chanteur romantique, adieu l'apôtre de l'amour. En un claquement de doigt, la réputation de lover est écornée, voire même changée en celle d'un beauf misogyne. Et là, c'est fini. Le mal a été fait. Début d'une longue traversée du désert : les fans trahis se raréfient, les maisons de disques ne te produisent plus et tu finis embauché sur un bateau de Costa Croisières à brailler tes anciens tubes à des mémés en sonotone. Eh oui, cela peut aller vite, très vite même. Alors attention, Frédé...

– Bonjour, monsieur.

Une voix ferme et dénuée de toute chaleur m'arrache à mes réflexions. Marc, le président du club, se tient devant moi, la serviette enroulée autour de la taille. Un sourire crispé transparaît sur son visage. Je le salue timidement en sortant de la douche, puis quitte la pièce en le gratifiant d'un petit sourire genre *Ça m'a fait plaisir de vous revoir.* Il me répond par un petit hochement de tête du style *Et moi, ça me fait plaisir que vous repartiez.*

Bref, si mes progrès sont consistants, raquette en main, ils restent encore très fragiles dans mes relations avec certain(e)s...

CHAPITRE 18

Quelques instants plus tard, me voici de retour au bar.

Nick m'accueille, sérieux comme un pape.

– Asseyez-vous, Roger, j'ai une autre idée concernant Élisa. Cela pourrait rattraper vos dernières bévues et vous faire tisser de rapides liens avec elle, avant le tournoi.

Excité par cette entrée en matière, je me pose sur la chaise, rempli d'impatience.

– Vous avez souvent voyagé dans la vie ? poursuit-il.

– C'est-à-dire ? demandé-je, surpris.

– Est-ce que vous êtes une sorte de globe-trotteur ?

– Si aller à Limoges, Caen ou Dreux signifie voyager, alors on peut dire oui, mais un petit oui.

– Disons, sourit-il, que j'avais plutôt pensé à l'Amérique latine, l'Afrique ou l'Asie.

– Ah ça non ! À part un échange scolaire à Londres et quelques jours à Milan et Bruxelles.

– Bon, vous n'êtes pas du genre Phileas Fogg... mais va falloir vous en rapprocher un petit peu.

Mes yeux se teintent d'incompréhension.

– Voyez-vous, Élisa, en plus du tennis, a une grande passion pour les voyages. Elle est même abonnée au magazine *Géo (courte pause)*. D'ailleurs, le dernier exemplaire sur l'Asie traîne encore sur son bureau.

– Et alors ? peiné-je toujours à comprendre.

– Patience, je vais y venir. Aujourd'hui, continue-t-il lentement, vient de sortir le dernier *Tennis Mag.* Le club en achète toujours plusieurs exemplaires pour les mettre à disposition des adhérents. Et c'est toujours Élisa qui s'en charge. Une fois qu'elle va arriver au bureau, je vais lui donner l'info pour qu'elle aille les chercher à la maison de la presse.

Je le dévisage, perplexe.

Il s'en rend compte.

– Et c'est là où se situe le plan, Roger, s'emballe-t-il. Je viens d'appeler le magasin ; ils ont reçu les magazines de tennis et surtout, ont encore des *Géo* à leur disposition.

Je ne capte rien.

– Dès qu'Élisa arrive au bureau, poursuit-il, je lui annonce que les *Tennis Mag* sont arrivés. Une fois qu'elle va les chercher, je vous préviens aussitôt. À partir de là, vous filez là-bas et achetez le mag sur l'Asie. Elle débarque alors, tombe sur vous – magazine de voyage à la main – et découvre votre passion commune *(sourire de triomphe)* ! L'occasion idéale pour oublier la mésaventure d'hier et faire plus ample connaissance.

Il sourit triomphalement comme s'il avait résolu l'un des plus grands mystères de l'univers.

– Oui, pourquoi pas. C'est une idée intéressante, en eff...

– Intéressante et surtout ingénieuse, corrige-t-il sur-le-champ. C'est de cette manière que tout a démarré avec ma femme. Nous avions un ami commun qui m'avait révélé sa passion secrète pour David Lynch. Une soirée a ensuite été organisée chez lui. Il me l'a présentée, j'ai fait celui qui aimait Lynch, parlé longtemps sur lui, puis au fur et à mesure, la conversation a dévié sur d'autres sujets, la complicité s'est installée et nous ne nous sommes plus jamais quittés.

– Bon... très bien, faisons cela, dis-je un peu décontenancé. Mais comment allez-vous me prévenir ?

– Par SMS. Donnez-moi votre numéro, d'ailleurs *(je m'exécute).*

– Et ensuite, qu'est-ce que je lui dis ? continué-je. Je ne suis pas censé savoir qu'elle aime voyager. Et pas sûr que ma visite de la chapelle de Dreux la fasse planer.

– Mais vous allez broder, Roger ! vous croyez qu'à l'époque, c'était facile d'improviser sur Lynch et ses scénarios abracadabrants ?! Eh bien, non. Et pourtant, je me suis jeté à l'eau, j'ai tout donné ! Avec le voyage, ce sera bien plus simple pour vous. Parlez-lui des lieux qui vous fascinent, qui vous émerveillent, les endroits magiques où vous souhaiteriez aller, de vos projets de voyage, même si vous n'en avez aucun. Bref, essayez de la faire rêver.

(C'est sûr que faire rêver les filles, ça me connaît.)

– Ça permettra, en plus, d'oublier l'épisode de la veille, ajoute-t-il, et ça sera une sacrée aide pour être plus à l'aise lorsque vous vous vous croiserez au tournoi de double.

(Oui, il a raison.)

– D'accord, Nick ! Essayons comme ça. J'espère juste ne pas m'emmêler les pinceaux quand on discutera ensemble.

– Ne vous inquiétez pas, Roger. Tout se passera bien, me rassure-t-il.

La conversation prend fin. Nous en profitons pour commander nos plats et déjeuner au restaurant du club. Une bonne nouvelle (de plus) pour mon portefeuille.

Une demi-heure plus tard, Nick se lève de table.

– J'ai un cours dans cinq minutes, me dit-il. Une fois que c'est fini, je passe voir Élisa – elle devrait être au bureau – pour lui dire que les *Tennis Mag* sont arrivés. Dès qu'elle part les chercher, je vous envoie un SMS pour vous avertir. Tenez-vous prêt !

– C'est noté, dis-je, cérémonieusement.

– Et surtout, allez à la bonne presse, celle au coin de la rue, m'indique-t-il, avant de s'éclipser.

Me voici maintenant seul pendant une bonne heure. Un temps – j'espère – suffisant pour trouver des amorces de dialogues avec la Belle. L'entraînement commence aussitôt :

– Oh, vous ici, quelle surprise ! Je venais prendre ma dose d'évasion avec ce magazine. C'est tellement indispensable pour mon équilibre personnel. Vous savez, j'ai toujours pensé que l'instant le plus heureux d'une vie est le départ vers une terre inconnue où nos esprits se déconnectent et s'égarent.

Bon, un peu *too much.*

#next

– Oh, mais attendez... *(air mystérieux et songeur)*, on ne se serait pas déjà croisés quelque part ?!

Et c'est là qu'elle me répond : *Mais oui ! Ce n'est pas vous qui reluquiez les mamies sous la douche ?*

#next

– Oh, vous ! Tiens donc... pris sur le fait avec mon autre passion *(j'agite le mag devant ses yeux)*. Une passion un peu moins chère que le tennis car fort heureusement, il n'est pas nécessaire d'être riche pour bien voyager.

Mouais, pas terrible... Mais bon, au cas où, ça a le mérite de la préparer à mon découvert bancaire.

Bref, de très nombreuses pistes sont explorées sans qu'aucune n'arrive à faire l'unanimité, jusqu'au moment où mon portable annonce un SMS de Nick : « Elle vient juste de partir. Dépêchez-vous d'y aller ! »

Coup de speed, coup de panique, coup d'adrénaline. Sans réfléchir, je quitte le restaurant du club et cours à perdre haleine en direction du magasin. En quelques minutes, la destination est atteinte. Pas un seul client à l'intérieur. Seul un duo de commerçants, l'un derrière sa caisse et l'autre en train de ranger une étagère, est présent.

#Eureka

Pas le temps de savourer, la porte s'ouvre. C'est Élisa !

#Bordel

Vite, je lui tourne le dos, sans qu'elle ait eu le temps de m'apercevoir et me dirige vers la caisse. Elle me suit et se positionne derrière moi. État de fébrilité maximum.

– Vous désirez ? me demande le commerçant, niché derrière sa caisse.

Le parfum envoûtant de la Belle vient chatouiller mes narines. Doux et sucré comme elle. En un mot, enivrant.

– Vous dé-si-rez ?! insiste le commerçant au ton moins enivrant.

– Pa... pardon, monsieur. Vous auriez le... le dernier... euh..., bredouillé-je, déstabilisé par la situation. Le dernier...

(Ça s'appelle comment déjà ?)

– Euh, le dernier... enfin le magazine spécial Asie, pour les voy...

– Ah ! c'est vous qui avez appelé tout à l'heure pour le mettre de côté, me dit-il d'un ton condescendant.

– Euh, non... enfin oui, ça doit être mon ami qui l'a fait. C'est bien sur l'ASIE ? demandé-je à voix haute pour être sûr que la Belle entende.

– Ouais, c'est ça, me répond-il, blasé. Je vais vous le

chercher dans la réserve.

Pendant ce temps, la porte d'entrée s'ouvre à nouveau. Des bruits de pas viennent s'arrêter derrière moi et Élisa. Peut-être est-ce le bon moment pour se retourner discrètement et mimer la surprise. Aussitôt dit, aussitôt fait. Un demi-tour est nonchalamment effectué jusqu'à ce que mon regard rencontre le sien.

– Ah, bah tiens... ça alors. Vous ici ?!

#ActorStudio

Elle me sourit poliment et semble me remettre assez rapidement. Un bon point pour moi.

– Vous venez acheter un magazine ?

Je me maudis aussitôt pour cet enchaînement minable. Bien évidemment qu'elle ne vient pas ici pour commander une côte de porc.

La Belle acquiesce.

– Oui, tout à fait. Je viens cher...

Au même moment, le commerçant revient.

– C'est pas possible, râle-t-il.

Je m'excuse doucement auprès de la Belle et me retourne vers lui.

– Je n'arrive pas à trouver votre magazine, me dit-il, agacé *(il se tourne vers sa collègue à l'autre bout du magasin).* Hey Murielle, hurle-t-il, t'as foutu où le magazine porno ?!

(...)

– Mais… mais, bredouillé-je.

– Qu'est-ce qu'il y a ? lui répond-t-elle en braillant.

– Le magazine porno pour monsieur, hurle-t-il à nouveau, il est où ? J'arrive pas à le…

– Il… il y a erreur, tenté-je d'intervenir, le visage rouge de confusion. C'est un magazine sur l'Asie que je viens cher…

– Bah oui, dit-il en haussant les épaules. Le *Hot Vidéo* spécial Asie avec les meilleurs pornos asiatiques et toutes les nouveaut…

– NON ! NON ! PAS DU TO…

– C'est bon ! beugle alors la dénommée Murielle, je l'ai ! Il est là, dit-elle en s'approchant de moi et en m'agitant un magazine à la couverture (tellement) explicite. Monsieur peut être rassuré.

Je suis paralysé.

– En plus, vous avez de la chance, ajoute-t-elle à tue-tête, il y a un DVD gratuit fourni avec le magazine. Elle me tend une horrible jaquette de film remplie de culs et de quéquettes, sobrement intitulée *Asiatrique.*

Le silence absolu règne derrière moi.

– Bah, mon cochon, tu vas te régaler, s'excite alors une voix masculine derrière moi. Ce DVD est une vraie tuerie. Le Kamasutra revisité de A à Z. Vraiment un super film de boules !

Je me retourne, horrifié.

Me voilà nez à nez avec un mec au regard lubrique

et une Élisa affreusement gênée. Vite lui expliquer la méprise.

– Ce... ce n'était pas pour moi, commencé-je à balbutier, j'étais venu pour acheter un magazine de voyage.

– Vous faites ce que vous voulez, me répond-elle sobrement. Cela ne me regarde pas.

– Ouais, elle a raison, intervient le relou lubrique. Si t'as envie de te faire du bien, ça regarde que toi, et puis...

– Ça vous fera huit euros cinquante, coupe le commerçant. Si vous le souhaitez, me glisse-t-il, il nous reste également le dernier *X Magazine* spécial grosses poitrines.

(...)

En cas de situation désespérée, j'avais toujours espéré être de la trempe de ces Jean Dujardin ou George Clooney qui trouvent toujours quelques bons mots à lancer ou une pirouette pour s'en sortir. Eh bien, non. J'étais encerclé par la femme de mes rêves me prenant pour un obsédé, l'obsédé me prenant pour l'un des siens et les commerçants me confondant avec un collectionneur de livres de cul. Et absolument rien dans le cerveau pour me sortir de cette situation. Silence et consternation avaient pris le pouvoir.

– Euh... monsieur, vous prenez le *Hot Magazine* ou pas ? s'impatiente le commerçant. Sinon je le remets en rayon. En plus, c'est le dernier et...

– Le dernier ! s'énerve d'un coup le lubrique. Mais attendez, je vous ai appelé tout à l'heure pour le mettre de côté. C'est quoi ce délire ?!

(Eh, mais attend !)

Mon self-control et mon cerveau se reconnectent d'un coup. Ma colère également.

– C'est ce que je me tue à vous dire depuis tout à l'heure, m'indigné-je avec force et fracas, ce n'est pas moi qui ai mis ce magazine de côté mais ce monsieur ! Je venais simplement chercher un...

– Ah, OK... d'accord, mais faut pas s'énerver, m'sieur, coupe le commerçant, apparemment aussi désolé de la situation qu'un supporter de l'OM devant une déroute du PSG.

Le lubrique en profite pour passer devant moi, payer son magazine et filer.

Suivi d'Élisa, à qui ladite Murielle remet rapidement une pile de *Tennis Magazine*. Elle me salue d'un sourire franchement amusé puis repart en direction du club. Ne reste plus que moi, spectateur de mon propre fiasco.

– Alors, monsieur, vous achetez quelque chose ou pas ? me relance le commerçant.

(Ça existe Suicide Magazine *?)*

Je ne réponds rien et quitte aussitôt les lieux au pas de course, sans repasser par le club. Direction chez moi, comme une âme en peine.

Une nouvelle fois.

CHAPITRE 19

♫ Cinq heures du mat', j'ai des frissons,

Je claque des dents et je monte le son,

Seul sur le lit dans mes draps bleus froissés,

C'est l'insomnie, sommeil cassé ♪♪

Sommeil cassé et moral également cassé, après la Bérézina de la veille.

La nuit fut courte. Très courte. Trop courte. Au vu de mes déboires répétés, je me demande même si tous ces efforts en valent la peine. Mais voilà, le processus a été initié et on ne laisse pas passer comme ça une pépite comme Élisa. Persévérons, donc, jusqu'au tournoi de double. De toute façon, cela ne peut pas être pire...

Après l'habituel petit déj et la préparation du sac d'entraînement, le club est rejoint en bus. La chaleur est écrasante ce matin. Pas un souffle d'air. Mes deux heures de cours sont bien parties pour être une plus grande torture que les précédentes. C'est dire...

Quelques minutes plus tard, je rejoins le court d'entraînement. Nick, déjà sur place, vient à ma rencontre.

– Mais vous étiez où, hier ? Je ne vous ai pas revu après mon message *(il semble décontenancé)*. Et quand j'ai essayé de vous appeler, vous m'avez répondu par SMS : « Ça a été une cata, je vous raconterai demain. » Mais qu'est-ce qui s'est passé ?!

Je soupire, las. Mon énergie est absente et le moral dans les chaussettes. Nick le remarque aussitôt.

– Écoutez, on va se prendre un café, dit-il sur-le-champ, et en parler tranquillement. On s'entraînera après, ce n'est pas pressé.

J'acquiesce à sa proposition, puis nous prenons la direction de notre bar-resto-QG. À peine le café servi, le camouflet de la veille lui est raconté de bout en bout. La consternation (partagée) se lit sur son visage.

– En effet, réagit-il, le plan ne s'est pas passé comme prévu.

(Doux euphémisme...)

– Mais le plus important est qu'elle se soit rendu compte de l'erreur, sans vous cataloguer comme un consommateur de films X.

(Après l'épisode « exhibitionniste », ça aurait peut-être fait beaucoup...)

– Allez, m'encourage-t-il d'une tape amicale sur l'épaule, comme dit mon père, c'est pendant l'orage qu'on connaît le pilote. Restez mobilisé. Ne gaspillez pas votre temps en vous lamentant sur le passé, concentrez-vous sur le présent.

Son discours positif réussit à m'arracher un zeste de réconfort. Il prend un temps de réflexion puis reprend.

– Rien n'est compromis, Roger, vous allez y arriver ! Élisa est une personne bien et vous semblez être fait du même bois. Je l'ai ressenti hier, à travers votre discours tout en sincérité. Pas facile à faire pourtant... surtout lorsque nos sentiments sont dévoilés à un quasi-inconnu. Et cette impression m'a été confirmée sur le terrain *(il prend un air excessivement sérieux)*. Vous savez, pour moi, ce qu'on montre sur un court de tennis est le raccourci de ce que nous sommes dans la vie. Je l'ai souvent constaté depuis que je fais ce métier. Et vous, durant ces séances, vous m'avez montré constance, engagement, fiabilité et persévérance. Tout ce qui caractérise également Élisa comme personne *(court silence)*. C'est pour cela que, si toutes les planètes sont alignées, vos qualités communes peuvent déboucher sur une belle histoire. Tout comme cela a été le cas pour ma femme et moi.

Je suis touché, sincèrement touché par ces propos.

– Merci Nick, lui dis-je pudiquement

Reboosté, mon énergie et ma motivation reprennent connaissance. Nick surfe aussitôt dessus.

– Bon, allez, trêve de bavardages, on repart direct sur le court pour s'entraîner d'arrache-pied et être prêt pour samedi.

#Yes

Quelques instants après, nous arrivons près du terrain.

♫ Et c'est parti pour le show ♪♪

Enfin plutôt le chaud. Le court est un vrai sauna. Chaleur écrasante et exercices éprouvants ne font pas bon ménage. Au bout de trente minutes, mon popotin rejoint déjà le banc, à l'abri du soleil. Heureusement, mon organisation logistique est (quasi) sans faille. Trois énormes bouteilles d'eau, deux tee-shirts de rechange et un pantacourt ont été apportés, en prévision de cette canicule. Quelques secondes suffisent pour me changer et me retrouver dans une tenue plus confortable, avant qu'un temps de repos soit pris.

– Allez, c'est le moment de reprendre. Enfin, pas tout à fait. Une fois debout, Nick me dévisage, circonspect. Une moue un peu gênée s'affiche sur son visage.

– Qu'est-ce qui se passe, lui dis-je, surpris ?

– On reste... *(il semble hésiter)*, on reste transparent l'un envers l'autre, toujours d'accord avec ça ?

– Euh, oui.

– Bon, alors... pour être totalement franc avec vous, il faudrait changer une ou deux petites choses sur votre tenue de tennis.

– C'est-à-dire...

– Ne le prenez pas mal, Roger, mais votre survêt était déjà... *(il cherche ses mots)* pas très moderne. Mais là, franchement, ce pantacourt bariolé à la Johnny Clegg, c'est plus possible, un vrai tue-l'amour, se lâche-t-il *(un peu trop)*. Limite un remède pour réduire le taux de natalité dans les pays trop peuplés *(il se marre)*.

(...)

Un court silence fait place à cet enchaînement de compliments. Ça fait toujours plaisir de se sentir sexy...

#VexéCommeUnPou

– Allez, c'est pas le tout, on s'y remet ! enchaîne-t-il, comme si de rien n'était, on est mercredi. J–3 avant le tournoi ; plus de temps à perdre.

Nick se repositionne aussi sec sur le terrain avec son panier de balles. Bien qu'encore vexé, j'obéis et me place en face de lui.

– Tête relevée, jeu de jambes vitaminé et consignes respectées, *come on*, Roger ! poursuit-il.

Et c'est reparti. Plutôt bien, d'ailleurs. Malgré la chaleur, mon jeu de jambes est dynamique, mes coups – à défaut d'être puissants – sont de plus en plus réguliers et mon service –synonyme avant de service funéraire pour ses fautes répétées – commence à trouver la bonne carburation. Bref, c'est plus qu'encourageant. Tout va dans le bon sens et l'air satisfait de Nick, en fin de séance, vaut tous les discours du monde.

– Excellent cours, me confirme-t-il en sortant du terrain, vous avez encore été impliqué, concentré, voire même inspiré à certaines reprises. Rien à dire, tout était en place.

– Même mon pantacourt ? répliqué-je ironiquement.

Il sourit, amusé.

– Ça, c'est à vous de voir. Je vous ai donné mon avis. Mais pour ce qui est du tennis, en tout cas, cela continue de bien évoluer.

Après notre habituel double Coca, nous restons une bonne heure à récupérer tranquillement au bar, puis Nick m'accompagne aux vestiaires. Nous entrons dans le club-house et passons devant le secrétariat. Soudain, il s'arrête d'un coup devant la porte. Un immense sourire vient s'afficher sur son visage.

– Qu'est-ce qu'il y a ? lui dis-je.

– Venez lire ça, me répond-il, les yeux brillants.

Je m'approche de la porte. Un petit écriteau a été placardé dessus.

Chères adhérentes, chers adhérents,

Nous recherchons un(e) bénévole pour nous épauler les après-midis de juillet et août au club. Si vous êtes intéressé(e), n'hésitez pas à nous contacter. Toute aide sera la bienvenue !

Tennistiquement,

Marc Djoquo, président

– Est-ce que vous pensez à ce que je pense ? me demanda-t-il sur un ton complice.

CHAPITRE 20

– Vous voulez que je « postule », c'est ça ? rétorqué-je, stressé, mais le président ne peut pas me voir en peinture !

– Ce n'est pas ça qui doit vous freiner, rétorque-t-il. Ce qui compte, c'est l'opportunité de pouvoir côtoyer Élisa.

– Mais je n'y connais rien au travail dans un club.

– Ce n'est pas grave, vous allez apprendre. On ne vous demande pas de devenir le boss du club mais simplement d'aider.

– Oui... oui, c'est sûr.

– Vous voyez, quand je vous parlais d'alignement des planètes, on est en plein dedans, là.

Son ton plein de conviction me fait baisser la garde.

– Bon, comment je m'y prends alors ?

– Élisa ne vient jamais les mercredis après-midi, répond-il sur-le-champ. Marc, si. Il va arriver au club dans la journée. À ce moment-là, je vous présenterai à lui, histoire de vous rendre un peu plus « populaire ».

– Ce ne sera pas...

– Mais, attendez un peu, me coupe-t-il, peut-être travaillez-vous à ce moment-là, je ne vous l'ai même pas demandé.

– Non, vous pouvez être « rassuré » ; je suis demandeur d'emploi.

– Ah, désolé, dit-il, gêné.

– Ce n'est pas grave, rétorqué-je sur un ton (faussement) détaché, cela ne devrait pas durer trop longtemps.

– Vous faisiez quoi avant ?

– Je travaillais dans les assurances, tout ce qui est habitation, automobile ou professionnelle.

– Et qu'est-ce qui s'est passé, sans indiscrétion ?

– Soucis financiers de la boîte, puis réduction de personnel, le truc malheureusement classique.

– Ah, c'est moche, grimace-t-il.

– Voilà... en même temps, au bout de vingt ans chez eux, je commençais un peu à tourner en rond. Peut-être est-ce un mal pour un bien, qui sait ? tenté-je de le (me) convaincre.

Le silence s'invite alors dans notre conversation. Très brièvement.

– Hey Clau-di-ne, É-li-sa !! *(Il interpelle d'un coup l'hystérique et la Belle, au loin.)* Vous pouvez venir, s'il vous plaît ?

– Mais... mais qu'est-ce que vous faites ?! lui chuchoté-je, affolé.

– Vous allez comprendre.

Les deux interrompent leur discussion puis s'approchent de nous. Élisa, plutôt avenante, et Claudine, semble-t-il, à contrecœur.

Mon cœur tambourine à cent mille à l'heure.

– Roger, je vous présente Élisa et Claudine, qui travaillent toutes les deux au bureau. Mesdames, vous vous rappelez de Roger, je suppose ? démarre-t-il, pied au plancher.

– Bien sûr, on s'est croisés au club, et même hier à la maison de la presse, lui répond Élisa sur un ton mi-sérieux, mi-amusé.

Je sens mon visage virer au rouge écarlate.

– Oui, je m'en rappelle... difficile de l'oublier, ajoute, pincée, la sexagénaire.

– Rhôô... Claudine, la « gronde » Nick, je sais que votre première rencontre n'a pas été très conventionnelle mais il s'agissait d'une malencontreuse erreur, on pourrait même dire une malencontreuse erreur d'aiguillage.

La moue dubitative de l'intéressée, en guise de réaction, ne laisse planer aucun doute sur ce qu'elle pense.

– Ne reste pas sur ça, franchement. Cela serait dommage, surtout que... *(il fait traîner les mots en les regardant tour à tour)*, surtout que Roger vient de voir l'annonce de Marc et souhaiterait donner un coup de main au club.

Un haussement de sourcil approbateur apparaît brièvement sur les traits d'Élisa pendant que Claudine me dévisage à nouveau, comme si elle essayait d'apercevoir un autre signe rassurant lui faisant oublier mon statut d'obsédé-mateur.

– C'est une très bonne chose, intervient la Belle. Entre nos bénévoles en vacances, la quantité d'appels que l'on reçoit et les petites choses à faire à gauche et à droite, le travail ne manque pas ici.

– C'est ce que je pense également, acquiesce Nick.

– Un grand merci à vous, Roger, pour votre proposition, poursuit-elle, souriante, le bénévolat se perd tellement de nos jours.

– Si je peux aider le club, c'est avec grand plaisir, arrivé-je à articuler malgré l'émotion et le stress combinés.

– Roger est quelqu'un d'extrêmement impliqué, me « survend » Nick, il nous sera d'une très grande aide.

– Super ! se réjouit-elle *(court silence puis sourire mutin en ma direction)*. Par contre, n'oubliez pas, le dress code au bureau, c'est obligatoirement habillé sinon Claudine risque de ne pas trop apprécier.

Cette inattendue pointe d'humour a le don de dérider tout le monde. Même Claudine, c'est dire... Puis la conversation se poursuit sur le club et ce qui pourrait être mis en place pour améliorer son fonctionnement. Élisa propose spontanément de nouvelles pistes de travail. Elles vont de la dématérialisation progressive de certaines tâches administratives pour optimiser le temps à des aménagements d'emploi du temps en soirée pour les moniteurs de tennis afin que ceux-ci aient un meilleur équilibre entre vie professionnelle et vie privée. Chaque idée émise de sa part est brillamment expliquée et mise en lien avec l'évolution des mentalités au travail. Élisa se montre tour à tour perspicace, impliquée, fine oratrice et soucieuse du bien-être de chacun. Avec elle, le temps passe à la vitesse de la lumière, mais malheureusement, toutes les bonnes choses ont une fin. Élisa doit se rendre à un rendez-vous extérieur et met fin à ce passionnant échange. À mon grand regret. Quelques ~~minutes~~ heures supplémentaires en sa compagnie pour voir son petit minois s'animer ou plonger dans ses immenses yeux verts ne m'auraient pas dé...

– Au fait, tu sais à quelle heure Marc arrive aujourd'hui ? me ramène à la réalité Nick.

– En début d'après-midi, vers quatorze heures, il me semble, lui répond Claudine.

Il la remercie, puis nous échangeons quelques banalités avant de prendre congé d'elle.

– Et voilà, mission accomplie, vous êtes intronisé ! me dit-il, une fois celle-ci partie.

– Oui, mais quel stress ça a été lorsque je vous ai entendu crier leurs prénoms... surtout le sien, rétorqué-je, aussitôt. En plus, je n'avais pas vu qu'elles étaient au fond du couloir.

Il sourit.

– C'est ce qu'on appelle l'impro, ajoute-t-il avec un clin d'œil. Lorsque je les ai aperçues, je n'ai pas hésité. C'était le timing parfait pour annoncer votre candidature au bureau tout en réchauffant les relations avec Claudine et en vous mettant en présence d'Élisa.

À mon tour de sourire, cette fois-ci.

– Deuxième étape maintenant : réchauffer aussi les relations avec Marc pour que vous démarriez au bureau dans les meilleures conditions.

– Et comment va-t-on faire ? lui demandé-je.

– Ne vous inquiétez pas, je sais comment procéder avec lui *(sourire entendu)*. Allez, je dois partir maintenant pour aller donner mes cours. Retrouvons-nous au bar un peu avant quatorze heures ; Marc passe toujours prendre un café avant de démarrer. Cela vous laissera le temps de rentrer chez vous, vous poser, voire même d'enlever votre pantacourt *(il se marre tout seul)*.

Un haussement d'épaule amusé lui fait office de réponse. Nous repartons, lui en direction des courts et moi de mon domicile. Mais ces piques répétées sur mes fringues ont fait leur petit bonhomme de chemin. Voire même beaucoup plus que ça depuis que j'ai surpris le (bref) regard étonné d'Élisa devant mon bout de tissu. Un crochet est donc fait vers un magasin de sport, histoire d'y accentuer encore plus mon découvert. Une tenue vestimentaire de tennis plus classique et un peu moins « Johnny Clegg » y est dégotée à un (très) bon prix. Si le style est le vêtement de la pensée, essayons de coller aux codes de la petite balle jaune. Polo, survêt et short blancs raffinés sont achetés, puis ramenés à la maison. Une nouvelle fois, rien n'est laissé au hasard pour séduire la Belle. Cela finira bien par payer un jour. Enfin, je l'espère.

CHAPITRE 21

Après une bonne douche revitalisante, un repas consistant est dévoré, suivi d'une micro-sieste pour recharger les accus. Me voilà un nouvel homme.

Encore plus quand je fais mon beau gosse devant la glace, avec cette tenue blanc immaculé. Vue de face, profil droit, profil gauche, vue de trois quarts. Elle me sied vraiment à merveille.

♫ T'as le look Coco,

Coco t'as le look,

Pas de doute coco,

T'as le look qui te colle à la peau ♪♪

Oui, je m'enflamme grave. Petits pas chassés, simulation de coup droit de BG, point rageur levé et regard de killer enchaîné. Mon miroir me renvoie une image chic et choc. Et si je gardais cette tenue intacte pour le tournoi ? Histoire d'augmenter mon niveau de séduction auprès de la Belle. En même temps, son côté élégant devrait me faire aussi marquer des points auprès de Marc.

#Dilemme

Après quelques instants de réflexion, survêt et polo sont finalement sélectionnés pour cet après-midi. Au passage, six mois de chômage pour décrocher un premier entretien visant à devenir bénévole ; c'est mon conseiller France Travail qui serait bluffé... Bon, trêve de plaisanterie, il est temps de partir. L'itinéraire classique est pris en bus et le club rejoint en vingt minutes. Direction le bar où plusieurs personnes finissent de déjeuner. En avance sur l'horaire, je m'installe à l'écart, devant un téléviseur allumé. Un sujet sur un certain... Roger Federer y est diffusé.

#Clindœildudestin

Un sujet passionnant et surtout hallucinant. Nick ne m'avait pas menti à son propos ; le garçon est une vraie icône, suscitant partout amour illimité et réactions enflammées, une légende vivante idolâtrée aux quatre coins du globe avec une élégance de dingue et un palmarès d'extraterrestre. De la classe en barre à tous les étages et l'arrivée providentielle d'un nouvel espoir pour tous les Roger du monde. Comme les Georges, persécutés eux aussi pour leur prénom et qui ne pouvaient compter que sur Georges de la jungle ou Georges Marchais comme porte-drapeau de leur cause. Autant dire la double peine et un ascenseur direct pour l'échafaud. Puis le miracle était arrivé. Celui que personne n'attendait, ni même espérait avait surgi : George Clooney. Un playboy irrésistible doublé d'un acteur charismatique qui fit voler en éclat leur handicap de naissance. Une sorte de Matrix des Georges permettant enfin la libération de l'espèce. Et voilà que Roger, pardon, Rodgeur Federer nous était également offert pour vaincre plusieurs décennies d'oppression. Plus besoin de chuchoter ou taire notre prénom. Voire même mieux : possibilité – avec une légère prononciation anglo-saxonne – de s'en servir maintenant pour (enfin) accéder aux moins de soixante-dix ans.

#Revanche

Pendant ce temps-là, Nick fait son entrée dans le bar.

– Vous êtes là, Roger ! m'interpelle-t-il de loin, c'est parfait, ça. Marc est arrivé. Suivez-moi, on va le rejoindre.

En quelques pas, nous arrivons au comptoir où le président boit en solo son café.

Âgée d'une quarantaine d'années, la bedaine proéminente, notre « cible » porte une chemise blanche cintrée, boutonnée jusqu'au cou, et un pantalon à carreaux écossais, destinés – très certainement – à lui donner un petit look raffiné mais qui lui font plutôt prendre l'apparence d'un golfeur du dimanche élevé au cassoulet. Nous nous arrêtons à son niveau. Il sourit spontanément à Nick tout en me fixant de manière peu enjouée. Nick s'en aperçoit aussitôt et amorce une approche conviviale.

– Tiens Marc, je te présente Roger, un nouvel adhérent au club que j'entraîne depuis quelques jours. Tu sais, il me fait vraiment penser à toi sur un terrain : bosseur, exigeant, déterminé et ne lâchant absolument rien sur chaque balle. Ton portrait craché.

Le visage du président se détend un peu.

– Fais attention, hein ?! peut-être bien un futur rival pour toi, ajoute Nick sur un ton complice. Même si celui pouvant résister à ta légendaire régularité n'est pas encore né.

Marc amorce un début de sourire, ce qui a presque le don de le rendre chaleureux, enfin aussi chaleureux qu'un Mélenchon en campagne électorale.

– Tu exagères, réplique-t-il, flatté, il y a d'autres joueurs bien plus réguliers que moi au club.

– Mais qui ont commencé le tennis beaucoup plus tôt que toi. Ça ne compte pas, alors ! conclut Nick d'un clin d'œil.

Le golfeur du dimanche laisse échapper un gros sourire d'autosatisfaction. Puis se tourne vers moi, l'air plus avenant.

– Vos débuts se passent bien, sinon, au club ?

– Tout est parfait.

– Et vous pratiquez depuis longtemps notre noble sport ?

(Alléluia, début d'un dialogue. Preuve, s'il en est, que la flatterie bien maîtrisée restera toujours une valeur sûre.)

– J'ai surtout joué quand j'étais jeune, lui précisé-je sur un ton convivial. Mais depuis cet été, j'avais vraiment envie de m'y remettre. Votre club étant, de loin, le plus réputé du coin, j'ai franchi le pas.

(Autant continuer à passer la brosse à reluire, ça a l'air de marcher.)

Il acquiesce, satisfait.

– C'est quelqu'un, en plus, de très impliqué dans la

vie associative, renchérit Nick. Quand il a vu l'annonce pour aider le club, il s'est tout de suite proposé pour donner un coup de main. Un vrai bénévole dans l'âme. C'est pour ça que l'on est venus te voir.

– Mais c'est très bien tout cela, s'enthousiasme Marc. C'est une très bonne chose !

L'intervention de Nick, en complément de nos flagorneries respectives, ont maintenant permis une nouvelle relation entre Marco et moi.

Fini pour lui le Roger mateur sournois de gonzesses sous les douches. Place au Rodgeur tennisman consciencieux et futur bénévole investi.

– Comment vous appelez-vous déjà ? me demande-t-il, tout sirupeux.

– Roger. Roger Dravote.

– Ah, Gravotte, j'ai connu un Gravotte, il y a longtemps, s'emballe-t-il soudainement. Quelqu'un peut-être de votre famille ?

– Euh, non, moi, c'est Dra...

– Thierry, voilà le prénom me revient. Thierry Gravotte.

– Oui, mais moi c'est Dra...

– Un grand maigre qui jouait à deux mains des deux côtés. Un vrai hystérique sur le court. Il était au Tennis Club d'Angers.

– Je ne suis pas de là-b...

– Mais un bon mec, quand même. Vous avez un air

de famille avec lui. Peut-être un cousin éloigné ?

– Bah, non puisq...

– Sa mère était fleuriste. Pas très loin du club, d'ailleurs. Vous voyez entre la rue des Lices et le boulevard du Roi René. Tout près du gros rond-point. Une excellente commerçante, aimable et conviviale.

– Oui, mais je...

– Et son père était cheminot à la gare d'Angers. Plus précisément conducteur de train. D'où le surnom qu'on a trouvé à Thierry : El Loco.

Il part d'un grand éclat de rire. Grand moment de solitude, de mon côté. Je lui rends quand même un sourire poli, ne sachant pas si le mec a entamé ce dialogue lunaire de manière naturelle ou si, à l'inverse, il me fait subir un rite initiatique, une sorte d'examen de passage, comme dans la tribu indienne des Satéré-Mawé. Chez ce peuple amazonien, les jeunes garçons, pour passer à l'âge adulte, doivent glisser leurs mains dans des gants contenant des centaines de fourmis aux piqûres douloureuses. Il faut ensuite qu'ils tiennent de longues minutes avec, sans laisser transparaître la moindre douleur, pour prouver leur courage et devenir officiellement des hommes. Peut-être bien qu'à Ace Tennis Club, les postulants qui souhaitent aider le club doivent subir également un rituel aussi traumatisant : celui de la conversation soporifique sans queue ni tête, doublée d'un enchaînement de paroles vides de sens. Il faut ensuite qu'ils tiennent de longues minutes pendant cette logorrhée, sans craquer, ni laisser transparaître le moindre malaise pour prouver leur solidité mentale et ainsi devenir officiellement bénévoles au club. Cette éprouvante épreuve leur sert ensuite à développer une patience de feu et un relationnel béton avec les adhérents ou celles et ceux désirant s'inscrire au club. Et le président, avec sa hauteur d'esprit et son analyse hyper pointue du job, a imaginé ce test surréaliste pour voir ce que j'ai dans le ventre, en cas de situation extrême.

– Bah oui, « El Loco », vous avez compris pourquoi ? enchaîne-t-il devant mon air (certainement) perdu.

– Euh... pas trop, avoué-je.

– Bah si, me regarde-t-il, étonné, comme si j'avais le QI d'une moule, « Loco » est un mot espagnol signifiant fou ou dingue comme le comportement de Gravotte sur le court.

(Bon bah, finalement, ça n'a pas l'air d'un examen de passage.)

– Mais également « Loco » comme locomotive car son père conduisait des trains à la SNCF. Enfin, plus précisément des TER entre Angers et Cholet.

(Le mec est juste chiant à mourir.)

– Et tout cela fait double sens au surnom ! Tordant, non ? conclut-il, en se bidonnant de tous les côtés.

(Ouais, carrément flippant, surtout.)

Un silence fait place. Marc le rompt aussitôt :

– Bon, ce n'est pas tout. Il faut que j'y aille *(il se tourne vers moi)*. Si vous êtes disponible d'ici un quart d'heure, rejoignez-moi au bureau et je vous expliquerai comment on fonctionne et de quelle manière vous pourrez nous aider *(petite pause)*, si bien sûr votre envie de nous rejoindre tient toujours.

– Bien évidemment. Avec grand plaisir.

(Et inquiétude à l'idée d'avoir la suite des aventures d'El Loco.)

– Claudine et Élisa, deux autres membres du comité directeur m'aident également au bureau. Vous les verrez souvent. Notre trio est basé sur la solidarité et une grande écoute entre chacun afin d'être le plus efficace possible.

– Ça me va très bien, répliqué-je, tout émoustillé d'entendre le doux prénom de la Belle. Alors à tout à l'heure, Marc.

– À tout à l'heure, René, me répond-il.

– Euh non, c'est...

Trop tard, le communiquant hors norme a quitté les lieux. Une grande écoute entre chacun, disait-il...

CHAPITRE 22

Une fois son départ constaté, je me tourne vers Nick :

– Rassurez-moi, il n'est pas tout le temps comme ça ?

Il sourit, blasé.

– Ça lui arrive parfois de « s'égarer » un peu, me répond-il. Mais il est investi dans sa tâche. On ne peut pas lui enlever ça, même si ce n'est pas la même manière de procéder qu'Élisa *(léger soupir)*. Mais l'essentiel – n'oubliez pas – était de remettre les compteurs à zéro avec lui et de pouvoir démarrer au bureau. Mission accomplie, donc.

– C'est vrai, acquiescé-je.

– Profitez d'ailleurs de cet après-midi pour consolider les liens et bien apprendre le boulot. Élisa revenant demain, ça vous laisse du temps pour être plus à l'aise avec ce qui va vous être demandé.

– Oui, vous avez raison.

– Habituez-vous à cela, ça m'arrive souvent, réplique-t-il avec un clin d'œil complice *(il regarde sa montre)*. Bon, allez, c'est pas le tout, faut que je retourne sur le terrain bosser. Vous me direz comment ça s'est passé.

– Pas de problème.

– Bonne chance.

Je le remercie chaleureusement puis prends le chemin du bureau. Pas totalement serein mais porté par la motivation d'un rapprochement à venir avec la Belle. Au bout de quelques minutes, me voilà devant la porte du secrétariat. Une grande inspiration est prise, suivie d'un délicat frappement à la porte.

– Entrez !

Je m'exécute et me retrouve devant Marc et Claudine. Un duo très éphémère.

– Claudine a fini sa journée, intervient le président, c'est moi qui vais vous briefer sur l'organisation interne. Nous aurons tout l'après-midi pour échanger ensemble.

Un frisson envahit mon corps, pas vraiment dû à une excitation naissante.

– Cela nous laissera le temps de mieux approfondir votre rôle et faire connaissance, poursuit-il.

– Super, c'est parfait comme ça, arrivé-je à articuler.

(Ne dit-on pas « Qui commence à aimer doit se préparer à souffrir » ?)

Pendant ce temps-là, Claudine s'éclipse. Puis Marc me communique, durant un bon moment, diverses infos sur le club : le nombre d'adhérents, la liste des enseignants, l'occupation hebdomadaire des courts, plus les prix et caractéristiques des différents abonnements. Ma concentration est à son zénith pour emmagasiner ces données au plus vite et montrer dès demain à Élisa mon intégration éclair dans la team. Cela pourrait bien la surprendre. Agréablement, cette fois. Reconnaissons également que Marc essaie d'être pédagogue dans ses explications. Loin du gars flippant de tout à l'heure.

Il faut juste ne pas le brancher sur autre chose que le boulot.

– Maintenant, poursuit-il sérieusement, suivez-moi, René.

Ni se formaliser sur son écoute de feu.

– Non, c'est Roger, rectifié-je, patiemment.

– Oui, Roger, dit-il sans se démonter, venez avec moi. Je vais vous montrer comment fonctionne le PC du club.

J'acquiesce et m'assois à ses côtés, face à l'écran encore éteint.

– Dans un premier temps, continue-t-il, vous vous occuperez de répondre au téléphone *(pause soudaine, il s'éclaircit la voix puis me dévisage gravement comme s'il allait me dévoiler les codes nucléaires de la nation)*. Concernant les appels reçus, il y a trois types de demandes en juillet. La première concerne la cotisation été. Il faut donner les formules et prix que je vous ai transmis. Si cela les intéresse, ils passent directement au secrétariat s'inscrire. Point final. Rien de plus, rien de moins.

Je hoche la tête.

– La seconde est pour la rentrée de septembre. Il faut leur communiquer les tarifs annuels en vous aidant de la brochure papier *(il me la montre sur le bureau)*. Prenez également leur mail, Claudine ou Élisa s'occuperont ensuite de leur envoyer la documentation sur leur messagerie.

– Très bien, c'est compris, opiné-je, concentré.

– Et maintenant, dit-il toujours aussi cérémonieux, passons à la troisième demande : la réservation des terrains. Elle concerne la plupart des appels du moment et vous aurez, cette fois-ci, besoin du PC. At-ten-tion, le protocole à suivre est précis, ex-trê-me-ment précis !

(Pédagogue mais tendu comme une arbalète, notre président.)

– Il faut aller sur notre centrale de réservation, poursuit-il sur un ton grave, via l'ordinateur du club. À signaler que chaque membre du bureau a un profil privé pour utiliser ce PC. Vous aurez bientôt le vôtre. Mais en attendant, allons sur le mien pour que je vous montre comment ça se passe.

Il allume l'ordi, sérieux comme un pape. Les propos de Nick, pour que les liens entre le président et moi se resserrent, me reviennent en mémoire. Peut-être pourrais-je essayer de mettre plus de convivialité dans nos échanges ? Cela ferait progresser notre relation tout en le faisant un peu redescendre en pression. Tout bénef pour moi. Soudain, la page d'accueil apparaît avec les icônes du club et une photo d'arrière-plan représentant Marc avec une femme d'âge mûre. La voilà l'occasion rêvée.

– C'est une photo avec votre maman ! l'interpellé-je chaleureusement.

– Non, c'est ma femme, répond-il, glacial.

#GêneAbsolue

Vite rebondir.

– Oh, mais elle est enceinte !

– Absolument pas.

(...)

Un immense blanc s'installe. Immense, que dis-je ? Gigantesque, éléphantesque, titanesque, voire même apocalyptique. Le type de blanc qui te donne envie de disparaître à dix mille pieds sous terre ou de te jeter à ses pieds, comme une serpillère agonisante, pour t'excuser de ta double couillonnade.

– Je disais donc, reprend finalement Marc d'un ton peu avenant, qu'à chaque location, il faut aller sur la centrale de réservation, vérifier les disponibilités puis rentrer le nom de la personne.

Encore tout à ma gêne, je m'empresse de lui confirmer la bonne compréhension du protocole.

– Si les personnes ne sont pas inscrites au club, poursuit-il froidement, la location coûte quinze euros l'heure et doit être réglée au secrétariat. Ensuite, vous notez leur nom et (Ext) sur le planning. (Ext) comme (Extérieur).

Un rapide hochement de tête lui fait office de validation.

– Si la personne est adhérente, continue-t-il, vous cliquez sur l'icône Ace Tennis *(il me la montre)* pour vérifier que celle-ci fait bien partie du club et surtout, que son abonnement lui donne accès à la réservation gratuite. Prenons l'exemple d'Antoine Louve, inscrit ici.

Il écrit Louve dans l'onglet « Recherche ». Une page entière s'affiche aussitôt avec toutes les infos sur cette personne plus sa photo.

– Bref, reprend-il, si la personne a l'abonnement intégral, pas de problème. Si ça n'est pas le cas, elle réglera quinze euros l'heure. Dans tous les cas, vous devez noter son nom sur le planning.

– Entendu, je...

De légers frappements à la porte interrompent ma réponse. Peut-être Nick en mode sauveur pour m'aider à « rétablir le contact » avec Marc, ou bien Élisa, ayant eu la révélation de notre amour et courant éperdument vers son destin.

– Oui, entrez, réagit le président.

La porte s'ouvre. Un bel Apollon fait irruption dans la pièce.

Le boulet.

CHAPITRE 23

L'ennemi public numéro un dans la place.

– Oh, Raphaël, ça fait plaisir de te voir, réagit aussitôt le président, un grand sourire aux lèvres.

Un grand sourire, comme il ne m'en a jamais fait, même l'espace d'une microseconde. Ce bellâtre a décidément le don de séduire partout où il passe, sans effort, juste avec sa belle gueule et son alignement dentaire biberonné au Colgate. Injustice de la vie, quand tu nous tiens...

« Tous les hommes naissent et demeurent libres et égaux en droit. » Mon cul, ouais !

– Je venais passer un petit bonjour, répond le boulet, d'une voix suave.

Je soupire intérieurement. Même sa voix est une arme de séduction massive. On n'aurait pas pu lui refiler celle de Donald Duck pour rééquilibrer le jeu ?!

– Mais je vois que t'es occupé, poursuit-il, je peux passer plus tard, si tu veux ?

– Bien sûr que non ! Tu es toujours le bienvenu ici, roucoule Marco *(il se tourne vers moi)*. Tiens, voilà Ren... Roger, il vient nous aider au bureau *(le ton devient nettement moins enjoué)*. C'est un nouvel adhérent du club.

– Salut Roger, me sourit le bellâtre.

Je lui rends son salut, d'une voix qui se veut grave et virile.

Et qui ne l'est pas.

– Tu es venu voir Élisa ? lui demande le président.

Mon sang ne fait qu'un tour, mes inquiétudes se confirment.

– Non, répond-il. Je sais qu'elle ne vient pas les mercredis après-midi.

(En plus, il maîtrise son emploi du temps. Pas bon ça.)

– Je passais juste faire un coucou, poursuit-il. Voire même aider ici, s'il y en a besoin.

– Ah, c'est super sympa de ta part. Toujours prêt à rendre service, dis-moi ; on aurait vraiment besoin de mecs de ta trempe au club.

(Et moi, je pue du bec ?!)

– Vous avez Roger, maintenant ! Ça va bien vous aider au secrétariat, réplique l'homme parfait.

– Oui, oui, bien sûr, répond Marc, sur un ton loin d'être convaincu. On est en train de voir, en ce moment, le protocole des réservations car ça n'arrête pas d'appeler.

– Normal, on est en été, acquiesce Raphaël, tout le monde veut jouer. Mais pas simple, en effet, de se repérer entre les demandes extérieures et les différents abonnements. Même si je me doute que tu as rendu l'exercice particulièrement aisé avec tes explications.

(Non, mais quel fayot !)

– Je te remercie, répond le flatté qui ressort son vieux sourire d'autosatisfaction.

(Et en plus, ça marche...)

Je fulmine intérieurement. S'il croit qu'il n'y a que lui à pouvoir utiliser les courbettes, il se met le doigt dans l'œil. Alors que le duo poursuit sa conversation, je réfléchis à la meilleure manière de retrouver les bonnes grâces de Marc. S'il montre à Élisa les réticences qu'il a envers moi, ça ne va pas le faire. Une fois de plus. Les propos – ou plutôt les flatteries de Nick – sur le jeu de son président me reviennent en tête. Surfons dessus.

– Dites-moi, Marc, les coupé-je dans leur tête-à-tête, Nick m'a souligné, à maintes reprises, votre régularité de métronome sur un court. Ça doit être un vrai casse-tête pour vos adversaires ?!

(Cirage de pompes : acte 1, scène 1.)

– Ouais, mais ça n'a pas été le cas dans mon dernier match, maugrée-t-il, vraiment pas... Un match par équipe, en plus, où je me suis tordu le poignet dans les derniers jeux. Un sale souvenir à oublier.

– Ah, bah oui, c'est pas de chance, m'empressé-je de répondre, désappointé par mon flop.

– Oui, mais Marc, il ne faut pas voir les choses comme ça, intervient sur-le-champ le bellâtre. Tu as perdu ce match, d'accord. Mais est-ce que tu as abandonné, malgré la douleur à ton poignet ?

– Euh non, répond-il, surpris.

– Est-ce que tu t'es battu jusqu'au bout, même si cette blessure signifiait la fin de tes chances ?

– Bah oui... mais il menait 6-1 4-0 quand c'est arri...

– Peu importe, Marc, t'es-tu battu jusqu'au bout ?

– Oui... oui, j'ai essayé.

– Et c'était bien lors du match par équipe, il y a quinze jours, au club ?

– C'est ça, oui, acquiesce-t-il.

– Eh bien, figure-toi que j'étais là pour les derniers points, s'anime alors le roi de la lèche. Et il n'y avait pas que moi, d'ailleurs. Enfants, adultes, adhérents de tout bord étaient réunis autour du terrain.

– Ah bon ?! je ne m'en suis pas aper...

– Et si t'as perdu ce match sur le terrain, le coupe-t-il, t'en as gagné un autre, bien plus important celui-là, celui des valeurs véhiculées par le club : courage, persévérance et combativité. Tu les as dignement portées sur le court, en tant que président, devant tes adhérents, les familles et les enfants présents. Tu ne crois pas que c'est ça le plus important ?!

Le président devient songeur, puis se gonfle d'orgueil.

– Je n'avais pas vu les choses sous cet angle, répond-il, fier comme un coq.

(Je m'incline, il est bien trop fort.)

– Mais si j'ai réussi à véhiculer cela, poursuit-il, enthousiasme, eh bien, j'en suis ravi, extrêmement ravi.

(Niveau master en Flatterie le garçon, alors que je n'en suis même pas aux balbutiements.)

Résigné, je les laisse échanger entre eux.

– En parlant de ce match, poursuit Raphaël, ton adversaire du jour était une vraie machine à coller des mites.

– C'est vrai, acquiesce Marc, il envoyait des briques à tout bout de champ.

– T'as pu quand même l'amener dans de longs rallyes ?

– Pff, impossible ! Avec ces parpaings, j'ai passé mon temps à faire l'essuie-glace.

(Mais qu'est-ce qu'ils racontent ?!)

– En plus, poursuit le président, ce n'était pas le genre à arroser le court. La plupart de ses adversaires se sont pris une roue de bicyclette.

– En résumé, réplique son acolyte, le style bûcheron avec le toucher d'un gynécologue à la retraite.

Les deux s'esclaffent bruyamment.

#SOSGoogleTraduction

– Et toi, Roger, m'interpelle Raphaël, tu es plutôt crocodile ou chip and charge ?

(???)

– Euh... eh bien... un peu des deux, répliqué-je, perdu.

– C'est-à-dire ?! me demande Marc.

(Bordel, je suis foutu.)

– Bah, à la fois crocodile et chip and charge.

(Allez, ça passe ou ça casse.)

Ils me dévisagent, étonnés.

– Tu veux dire que tu peux tout aussi bien faire le mur que monter à la moindre occase ? me traduit le bellâtre.

– Voilà, c'est ça, répliqué-je, en essayant de masquer mon ignorance.

Les deux semblent plutôt se satisfaire de ma réponse – à ma grande surprise –, puis repartent dans leur charabia tennistique, teinté de dialectes incompréhensibles et saupoudré - pauvre de moi - de diverses analyses sur les meilleurs joueurs mondiaux et leurs résultats actuels. Résultat : impossibilité totale d'exister dans leur conversation.

#BisRepetita

Et oubli total de ma présence durant leurs (interminables) échanges. Seule la sonnerie du téléphone me remet, de temps en temps, au centre du jeu. Dans ces moments-là, Marc s'empare du combiné, branche l'appel sur haut-parleur et me fait un petit signe du style *Observe, écoute et inspire-toi.* Bref, cet après-midi est une vraie punition, mais touche heureusement à sa fin. À défaut d'avoir baigné la pièce de mon charisme, j'ai réussi (au moins) à comprendre ce que l'on attendait de moi et Élisa verra demain un homme compétent dans sa tâche. Compétent mais inculte dans tout ce qui concerne le tennis, jargon comme actualité. La remise à niveau, dans ces deux domaines, est également indispensable. En attendant, il est l'heure de partir mais pas n'importe comment.

– Messieurs, je dois vous laisser, démarré-je.

Le duo interrompt sa conversation.

– Marc, continué-je, rendez-vous comme prévu demain après-midi.

Il valide sans effusion de joie.

– Et Raphaël, ravi d'avoir pu faire votr... ta connaissance.

#TeamPinocchio

– Ah, tiens, d'ailleurs, continué-je, Marc m'a raconté tout à l'heure l'anecdote sur un dénommé « El Loco ». Tu devrais lui demander de te la raconter, elle est vraiment savoureuse !

– Ah bah oui, avec plaisir ! acquiesce le fayot.

Sans se faire prier, Marc enclenche avec gourmandise le début de son histoire, pendant que je quitte rapidement les lieux. Avec la fierté du mec partant sur une (petite) victoire.

CHAPITRE 24

Ravi, en tout cas, de rentrer chez moi et de souffler. Il y a tellement de nouvelles choses à intégrer depuis lundi, tellement de défis à relever. Ma vie n'en avait jamais connu autant en si peu de jours, exception faite de ma rupture avec Céline, ma plus grande histoire d'amour, ou plutôt ma plus longue.

Six ans de vie commune, six ans de disputes, d'incompréhension, de hauts et de bas puis, un jour, sans préavis, tout s'arrête. L'autre part de manière irrévocable et les jours suivants riment avec solitude et amertume. Il faut alors redémarrer de zéro, se réhabituer au célibat, réécouter ce silence permanent et croire toujours en l'amour. Pas simple... mais avec Élisa, les perspectives étaient, fort heureusement, plus réjouissantes. Il y a, bien entendu, de la tension et de la fatigue avec ce tourbillon récent mais également une certaine forme d'excitation, comme lors d'un saut dans le vide pour espérer vivre une émotion magique. Mes sensations sont exactement les mêmes et ça fait un bien mo-nu-men-tal !

Depuis trop longtemps, j'avais l'impression de jouer un rôle dans une mauvaise pièce de théâtre : ma vie. Une vie à se persuader que mes meilleures années étaient derrière moi, une vie sous contrôle, ronronnante, en pilotage automatique. Pas désagréable, certes, en comparaison à d'autres mais juste passable. Et je me contentais de ça, de devenir une pâle version de moi-même pour rester dans ma zone de confort, sans me mettre en danger, sans échouer, sans souffrir. Mais sans vibrer et rêver aussi jusqu'à ce que je croise la Belle. Et depuis, mes journées, placées sous le signe du changement et de l'improvisation, étaient de véritables puits à émotions. Positives comme négatives. J'avais enfin l'impression de vivre, et non plus d'exist...

– Alors, ma petite couille, on dit plus bonjour à son Norbert ?!

Je sursaute puis me retourne. Un grand gaillard, armé d'un sourire franc et d'une petite valise, se dresse devant moi, accoudé à mon entrée d'immeuble.

– Qu'est-ce que tu fous là ?! m'écrié-je.

– On n'a plus le droit d'aller voir son pote ? s'indigne-t-il faussement, en me gratifiant d'une tape virile dans le dos.

– Bien sûr que si, lui rétorqué-je en souriant, ça fait plaisir de te voir ! Mais c'est quoi cette valise, tu pars quelque part ?

– Je t'expliquerai... Bon, tu me payes une binouze ?

J'acquiesce et nous nous dirigeons vers chez moi. Une fois installés, Norbert part sur tout autre chose et me branche sur ma journée d'anniversaire, les anecdotes de cette soirée et mes ressentis sur les « vieilles gloires » invitées, puis me demande si mon estomac va mieux, après l'épisode malheureux du cendrier. Une simple réponse affirmative lui est communiquée. Il est parfois bon de cultiver son petit jardin secret...

– Et sinon, quoi de neuf depuis que t'es devenu officiellement un vieux machin ? embraye-t-il.

J'hésite grandement à tout lui raconter mais l'envie de partager mon tourbillon actuel prend le pas. Chaque parcelle de l'histoire lui est ainsi narrée, avec quelques oublis stratégiques, néanmoins. Mais le plus important est relaté : d'Élisa à mon inscription au club en passant par Nick, le boulet, ma stratégie de conquête, mes cours, le tournoi de double ou mon rôle de bénévole. Mon intervention terminée, Norbert me regarde, bouche bée. Puis, après une courte réflexion, arrive à résumer synthétiquement la situation en quelques mots.

– Putain, mais c'est énorme !

Je lui confirme avec un champ lexical (un chouïa) différent, tout en nuançant quelque peu.

– Oui, mais le tournoi à venir me stresse énormément. En plus, avec le bellâtre toujours dans ses pattes, cela risque d'être vraiment compliqué. Et même sans lui, d'ailleurs... Peut-être ne suis-je pas son type d'homme ?!

– Tutututut, m'interrompt-il. Ne pars pas battu ! En amour, il n'y a pas de règle, pas de logique. Tout est possible !

(L'avantage d'un pote, c'est qu'il sait comment trouver les bons mots.)

– Y a des gars, poursuit-il, qui séduisent avec leur charisme ou leur sex-appeal. Toi, il va juste falloir que tu fasses appel à d'autres atouts.

(...)

La sonnerie soudaine du téléphone m'empêche d'exprimer (officiellement) ma vexation. Le temps de m'extraire du canapé, le répondeur du fixe se met en route.

Bonjour, vous êtes bien chez Roger.

Votre mission, si toutefois vous l'acceptez, sera de laisser un message après le bip sonore. Comme d'habitude, si les choses devaient mal tourner, si l'un d'entre vous devait être blessé ou tué, le département d'État nierait avoir eu connaissance de vos agissements. At-tention, ce message s'autodétruira dans cinq secondes.

Bonne chance.

Et à bientôt.

Ou pas.

Oui, je sais... il ne m'a pas manqué grand-chose pour faire une carrière d'humoriste. Une voix retentit alors dans le répondeur.

Chaton, c'est moi (ma mère !). *Comment tu vas ?! Tu n'as pas beaucoup donné de nouvelles depuis dimanche. Essaie quand même de m'appeler car je vais finir par être inquiète. Je t'embrasse fort.*

Elle raccroche.

– Bah oui, Chaton, faudrait donner un peu plus de nouvelles à Mamounette, me nargue aussitôt Norbert.

– Oh, c'est bon, dis-je en levant les yeux au ciel *(pause)*. Bon, venons-en un peu à toi. C'est quoi cette valise ? tu pars quelque part ?

Il baisse soudainement les yeux.

– Bah, peut-être bien chez toi, me balance-t-il tout penaud.

– Qu'est-ce que tu racontes ?! rétorqué-je, interloqué.

Et voilà comment l'ami Norbert m'annonce, sans détour, que sa nana l'a viré du domicile conjugal et qu'en attendant un réchauffement des relations, un squattage amical de mon canapé ne serait pas de refus.

Devant son désarroi, j'accepte sans hésitation, puis lui pose la question qui me brûle les lèvres.

– Mais qu'est-ce qui s'est passé ?!

Il soupire.

– Tu sais, les femmes.

– Mais encore ?

– Elle me reproche – je reprends ces termes – d'être « un gros macho à la noix » !

Je me remémore certains week-ends chez eux : Norbert aux manettes de l'apéro et de la télécommande et Sandrine de tout le reste. A priori, ce (léger) déséquilibre des tâches a eu raison de sa patience.

– Tu trouves vraiment, poursuit-il, attristé, que je suis un gros macho à la noix ?

(Gros macho, oui. À la noix, non.)

– Bah non, c'est exagéré.

Règle d'or pour consoler efficacement un pote :

1. Ne pas hésiter à s'affranchir de la vérité.

2. Lui donner de l'espoir.

3. Glisser finement quelques conseils dans l'espoir d'une solution.

L'air de rien, j'embraye alors sur le changement de la société, nos références parentales maintenant dépassées, l'équilibre hommes-femmes à atteindre et les nouvelles attentes de la gent féminine vis-à-vis de leur compagnon. Bref, je lui dis subtilement de se bouger le cul à la maison s'il ne veut pas que son couple se crashe définitivement. Il hoche la tête, désemparé, presque sonné. Parfois, tenir un discours clair et sans concession secoue les certitudes et fait figure d'électrochoc.

– Tu crois qu'il faut que je lui achète un lave-vaisselle ? me demande-t-il, soudain.

Je soupire. Incorrigible...

Le téléphone en profite pour sonner à nouveau, mettant fin au dialogue. Peut-être un mal pour un bien. Au bout de quelques sonneries, le répondeur se déclenche. Aucun message laissé mais le numéro affiché est sans suspense.

Ma mère : acte 1, scène 2. Il va vraiment falloir que je la rappelle. Dans la foulée, un (généreux) remontant alcoolisé est servi à Norbert.

Règle d'or supplémentaire pour consoler un pote : si les mots ne fonctionnent pas, la bouteille, toujours. Efficacité temporaire, certes, mais grandement appréciée, surtout en cas de peine de cœur. J'en profite pour changer de sujet et l'amener sur des thématiques légères et dénuées de toute référence féminine. Trois verres plus tard, l'ami Norbert commence à être plus apaisé (ou plus torché).

Un petit tour est fait dans la cuisine pour voir ce qu'il reste dans le frigo.

Pas grand-chose. Bon...

L'heure a maintenant tourné, bientôt vingt heures.

Bon Dieu, le livre ! Oui, le livre à acheter pour parfaire mes connaissances tennistiques et me sentir moins couillon, demain, au bureau. Incontestablement, l'objectif de fin de journée. En dégoter un quelque part avant que tout soit fermé. Je préviens Norbert de ma petite course, puis lui dit de faire comme chez lui. Recommandation, a priori, parfaitement inutile, comme en témoigne sa position vautrée sur le canapé, avec doigts de pied en éventail et chaussettes en boule au pied de la table.

Le téléphone sonne à nouveau. Encore ma mère. La culpabilité prend le pas mais le manque de temps m'empêche de répondre. Norbert est prié de décrocher et de la rassurer. Puis un sprint sauvage est fait en direction des commerces. Décidément, pas de trêve dans ma nouvelle vie. Sur les courts comme en dehors.

CHAPITRE 25

Nous informons notre aimable clientèle que le magasin fermera ses portes dans dix minutes. Merci de vous diriger vers les caisses et bonne soirée à vous.

À peine arrivé et déjà speedé. Je me dirige vite fait – encore essoufflé par ma course précédente – vers l'espace culturel de Leclerc. Après plusieurs slaloms entre caddies, le rayon des livres de sport est atteint.

Une fouille est faite pour repérer ceux parlant de la petite balle jaune. Quatre sont rapidement trouvés : *L'année du tennis* (trop spécialisé), la bio de Nadal (pas l'objectif), des bouquins technico-tactiques (trop complexe) et une autre bio de Gilles Simon, intitulée *Ce sport qui rend fou* (c'est clair !). Pas les contenus espérés. Ma recherche se poursuit derrière la pile. Bingo ! d'autres livres s'y trouvent : le journal de bord d'un fan de Federer (mouais, bof), une bio de Sharapova (c'est qui ?) et... et peut-être bien ce que je cherchais ! *Le tennis pour les nuls.* Un titre qui affiche direct l'incompétence de l'acheteur et sa culture proche de zéro. Parfait, c'est tout ce qu'il me faut. Ce bouquin coche, en effet, toutes les cases. Il parle aussi bien des fondamentaux du jeu, du vocabulaire (sauvé !) que de technique ou de stratégie. Sans oublier un long chapitre sur les grands tournois, les stars du jeu et leurs carrières. Bref, de l'or en barre pour résoudre efficacement mon ignorance. Aussitôt dit, aussitôt pris.

Mon livre à la main, je me dirige d'un pas alerte vers les caisses. Opiniâtreté, rapidité, efficacité. Le Roger 2.0 a bel et bien débarqué. Comme... comme le boulet ! Là, oui, juste là devant moi.

#Help

Il me fait un signe de la main et vient dans ma direction. Pris de panique, je glisse l'objet de la honte – enfin le livre – dans mon sac, puis me glisse, l'air de rien, dans le rayon d'à côté en prenant un air absorbé. Il me rejoint en quelques secondes.

– Re-bonjour, Roger, on est décidément inséparables aujourd'hui.

– Ah bah, tiens alors ! *(sourire forcé)*. En effet, on aurait voulu faire exprès, on n'aurait pas fait mieux.

– Tu fais tes courses ? me demande-t-il.

(Non, je fais un safari photo, ça se voit pas ?!)

– Oui, je viens acheter un truc rapide à grignoter pour ce soir.

– Ah... sourit-il d'un air moqueur, alors ce n'est peut-être pas ici que tu vas le trouver.

Je le regarde, étonné, puis jette un coup d'œil à l'endroit où je me suis faufilé : le rayon Parapharmacie, juste en face d'une (imposante) rangée de produits contre la mauvaise haleine.

Je rougis aussitôt.

– Ah... bah oui, en effet.

Il me dévisage de manière complaisante, avec ce

type de regard voulant dire *t'inquiète, mon gars, ça restera entre nous.* Froissé, je tente de me justifier en expliquant que ce n'est pas ce qu'il croit. Peine perdue. Non seulement, je m'enfonce mais en plus, le mec garde maintenant une distance respectable vis-à-vis de moi, à chaque fois que je parle.

#Seum

Je prétexte alors la fermeture imminente de l'hypermarché pour aller acheter mon plat surgelé et (surtout) prendre congé de lui. Mais cela ne marche pas. Il me suit dans le rayon concerné, amical et limite fraternel, comme si sa pseudo-découverte avait tissé un lien fort entre nous.

Ça ne peut plus durer... il faut mettre fin à cela. Une fois le plat choisi, je me dirige à la vitesse de l'éclair vers la sortie, toujours en sa compagnie. Heureusement, il n'y a pas d'attente aux caisses. Chacun va pouvoir (enfin) repartir de son côté. Le bellâtre, au panier de course bien rempli, me laisse passer devant. Je place mon risotto au poulet sur le tapis de caisse, puis m'apprête à le récupérer, à l'autre bout. Moment choisi par le portique pour sonner avec fracas. La caissière se fige aussitôt et me dévisage d'un air soupçonneux pendant que l'agent de sécurité, au physique aussi avenant que Terminator, arrive au pas de course.

– Pouvez-vous ouvrir votre sac, s'il vous plaît, monsieur ? me demande-t-il, sur-le-champ.

C'est à ce moment-là que le souvenir du bouquin me revient en mémoire.

Oh, putain !

Pris de sueur froide, je sors fébrilement le livre de mon sac, tout en m'excusant platement.

– Ce n'est absolument pas ce que vous croyez ; je... je l'ai mis machinalement dans mon sac sans m'en rendre com...

– Oui, oui, bien sûr, monsieur, rétorque-t-il.

S'il m'avait répondu *Et peut-être bien que la marmotte, elle met le chocolat dans le papier d'alu,* cela aurait été exactement pareil.

Dans la foulée, mes papiers d'identité sont demandés. Penaud, je m'exécute, sous les yeux de la caissière me scrutant avec dédain et de Raphaël fuyant mon regard. L'agent note ensuite mes coordonnées, puis prend son talkie-walkie. Et s'il appelait les flics ? Et si je me retrouvais au poste ?

Je m'imagine déjà là-bas, en garde à vue, menotté dans une pièce lugubre sous la surveillance de caméras impudiques. Sans manger, sans boire, sans contact avec l'extérieur, acculé par les questions en rafale visant à me faire craquer, à me faire avouer ce que je n'ai pas fait. Mais peu importe, ma résistance à l'injustice serait plus forte que tout. Ils n'arriveraient à rien de cette manière.

Ulcérés par cet échec, ils m'enfermeraient alors dans une cellule minuscule et insalubre. Seul, bafoué dans mon honneur et pourtant tellement innocent. Les journaux s'empareraient de l'affaire, titreraient à la une *Le « Arsène Lupin » de Leclerc pris la main dans le sac !* Même BFM s'y mettrait. Ma mère apparaîtrait en pleurs à l'écran. *Je ne comprends pas, il était pourtant si mimi petit avec ses p'tites joues potelées.* Une émission spéciale avec des psychologues et experts en criminologie aurait même lieu en prime time : *Mais qui est vraiment Roger, le voleur à l'haleine de chacal ?* Comme c'est immonde, comme c'est dégueulasse. Une cabale médiatique organisée contre ma personne avec la collaboration – cela ne peut être que lui – du bellâtre qui leur aurait vendu sans vergogne cette *fake news.* Cette charogne est vraiment prête à tout pour m'atteindre et me séparer d'Élisa. La nature humaine est décidément bien vile et perfide.

– Monsieur l'agent...

~~Raphaël~~ Judas interrompt soudain ma rêverie cata.

– Monsieur l'agent, poursuit-il, j'ai rencontré par hasard ce monsieur *(il me désigne de la main)* au rayon parapharmacie. Il était venu prendre un produit contre la mau... Enfin... tout ça pour dire que nous nous connaissons déjà et ce n'est vraiment pas le genre de personne à voler quelque chose.

– Il avait pourtant ce livre *Le tennis pour les nuls (il l'exhibe sous ses yeux)* dans son sac, répond imperturbablement le vigile.

#DoubleHonte

– Oui, mais nous avons été absorbés par notre conversation et il n'a pas dû faire attention. Pour info, nous jouons tous les deux dans le même club de tennis et ce monsieur s'est porté volontaire pour devenir un bénévole actif du club. C'est pour vous dire qu'on est loin du portrait d'un voleur à la tire.

L'agent fait une moue perplexe – cette dernière tirade semble avoir un peu ébranlé ses certitudes –, puis reprend la parole.

– Bon, monsieur *(il me regarde droit dans les yeux)*, on va vous accorder le bénéfice du doute, pour cette fois. Vous allez directement régler l'achat de ce livre à la caisse. Mais que je ne vous reprenne plus à ça.

Je soupire, soulagé – et c'est un doux euphémisme – et lui assure que cela ne se reproduira plus. Terminator quitte alors les lieux pendant que la caissière passe rapidement les articles de Raphaël sur le tapis. Je l'attends puis le remercie pour son intervention. Sauvé par son pire ennemi, la vie nous fait parfois de sacrés pieds-de-nez...

En sortant du centre commercial, Raphaël m'assure qu'il n'a pas eu le moindre doute sur ma personne *(Mon cul, oui !)* et que cette « péripétie » restera, bien évidemment, confidentielle. Le tout exprimé avec un sourire compatissant (complètement) surjoué.

Bon, il est temps d'en finir avec ce gars mi-sauveur, mi-baratineur. Je le remercie une dernière fois, puis prends congé de lui.

Enfin presque.

– Ah, au fait, Roger ! me hèle-t-il.

Je me retourne. Il me fixe, malicieux.

– Bonne lecture à toi !

Puis me fait un clin d'œil qui se veut complice et repart de son côté. Je secoue la tête. *Non mais, quelle tête à claques !*

Je reprends ensuite le chemin de la maison, encore un peu secoué par ce qui s'est passé mais en gardant intact l'objectif d'être prêt pour demain.

Un plan en trois étapes est ainsi mis en place pour la soirée : mettre Norbert devant un plateau télé pour être tranquille, dévorer tout le bouquin pour me cultiver et manger des Pépitos pour me consoler.

CHAPITRE 26

La nuit fut courte mais mes révisions ont été efficaces. Je suis maintenant capable d'expliquer la différence entre un coup lifté et slicé, réciter la liste des dix derniers vainqueurs en Grand Chelem ou frimer avec des mots comme effet rétro, tweener, bagel ou lucky loser, voire même de les comprendre.

Le petit déjeuner terminé, mes affaires sont préparées en essayant de faire le moins de bruit possible pour ne pas réveiller la bête, enfin Norbert. Quoique, vu ses ronronnements et les cadavres de bouteille alignés au pied du fauteuil, il en faudrait beaucoup pour lui faire bouger un cil. Un peu nerveux avant cette journée importante, je décide de partir plus tôt pour faire le trajet à pied, m'oxygéner et relâcher ce début de tension.

Mission partiellement réussie à mon arrivée au club, très partiellement même, mais le silence apaisant du matin arrive à me transmettre un peu de sérénité. À cette heure-ci, les courts sont vides, dénués de toutes traces de pas ou de glissade. Des terres battues magnifiques dans leur robe ocre, seulement humidifiées par quelques mini-arroseurs et caressées par une légère brise rafraîchissante. Une atmosphère spéciale se dégage de l'endroit, un brin bucolique, rassérénante. Ça fait un bien fou. Des pas résonnent, d'un coup, derrière moi. Je me retourne.

Élisa !

♫ Mon cœur te dit je t'aime,

Il est perdu sans toi,

Mon cœur te crie je t'aime,

À chaque fois qu'il bat... ♪♪

– Bonjour Roger, enchaîne-t-elle, avenante et magnifique.

– Bon... bonjour Élisa.

– Vous êtes bien matinal pour taper la balle. Et vous avez raison ! C'est le meilleur moment pour jouer avec cette fraîcheur. En plus, il y a personne.

Allez, c'est peut-être le bon moment pour se mettre en avant.

– C'est vrai ! Mais de toute façon, quand on est passionné, peu importe l'horaire ou la température, on est prêt à jouer n'importe quand.

Elle sourit.

– Et même à prendre des cours avec Nick pour améliorer son jeu, continué-je sur ma (bonne) lancée.

– Ah, c'est très bien ça, approuve-t-elle.

– En plus, c'est un coach très impliqué, je peux vous dire que je ne chôme pas avec lui ! Pas de là à devenir le nouveau Federer du club et avoir la même classe, mais je ne désespère pas d'y arriver un jour *(nouveau sourire de sa part)*.

– C'est sûr que ce champion était inclassable et d'une élégance folle sur un court, réagit la Belle, mais je vais vous faire une confidence : j'ai toujours préféré la résilience et la force mentale de Novak Djokovic. Et cela ne lui a pas trop mal réussi puisqu'il est devenu le meilleur de tous.

Très bien, ça. Ouverture parfaite pour amortir mes longues révisions tennistiques et lui en mettre plein la vue.

– Oui, d'accord... mais attention ! démarré-je sur un ton professoral. Novak Djokovic a peut-être le plus grand nombre de Grand Chelems remportés mais est-ce vraiment significatif ? En effet, prenons Rod Laver, que ce serait-il passé s'il n'était pas passé pro dans les années 60 ?

Elle me regarde avec de grands yeux ronds.

– Eh oui, à cette époque, les tournois du Grand Chelem étaient interdits aux professionnels. Rod Laver avait remporté en amateur les quatre Grands Chelems en 1962, avant de passer pro, l'année suivante. Pendant cinq ans, il n'a donc joué aucun de ces tournois alors que c'était la meilleure période de sa carrière. La preuve : lorsqu'il a été autorisé à les rejouer, il a aussitôt gagné Wimbledon puis refait le Grand Chelem, la saison suivante *(oui, je sais, j'ai révisé comme un malade)*. Au final, il a remporté onze majeurs mais imaginez combien il en aurait gagné sans ça ? Donc on ne peut comparer les épo...

– Euh... excusez-moi, Roger, me coupe Élisa d'une voix douce, mais pour être franche, je ne connais pas grand-chose à l'histoire du jeu et encore moins à Rod

Laver ou tel ou tel record. C'est juste que j'aime Djokovic, c'est tout. Mais il est très rare que je suive ses matchs ou ceux des autres – je trouve ça trop long à regarder – même si je fais une exception pendant Roland-Garros. Ce qui me passionne surtout dans le tennis, c'est jouer.

(Tout ça pour ça...)

– Sinon, change-elle de sujet, vos débuts se sont bien passés au bureau ?

– Oui, sans aucun problème, m'empressé-je de répondre, Marc m'a montré tous les protocoles et expliqué les différentes situations.

– Très bien, ça. Pour cet après-midi, ce sera par contre différent. Vous serez seulement avec moi. Marc n'arrive, en effet, qu'en fin d'après-midi et Claudine n'est pas là.

J'acquiesce, calme et stoïque pendant qu'une immense vague de bonheur inonde chaque partie de mon être. ♫ Il est où le bonheur, il est où ♪♪

Enfin, Cupidon commence à me donner un petit coup de pouce.

– Dites-moi *(elle regarde d'un coup sa montre)*, à quelle heure démarre votre cours avec Nick ?

– Dans une petite demi-heure, lui dis-je.

– Cela ne vous dérangerait pas, me demande-t-elle avec un sourire craquant, de me remplacer au bureau, juste un petit moment. J'ai une course urgente à faire dans le quartier. Comme vous êtes là, je me suis dit que...

– Il n'y a pas de problème, la coupé-je aussitôt. Cela ne me dérange ab-so-lu-ment pas.

(Et si, en plus, ça me fait marquer des points auprès de vous, c'est tout bénef.)

– Je vous remercie, sourit-elle à nouveau.

Nous faisons quelques mètres pour rejoindre le bureau.

– Je vous laisse la page d'accueil ouverte, poursuit-elle en me montrant l'ordinateur, il y a la centrale de réservation et l'icône Ace Tennis dessus. Cela vous permettra d'avoir tout sous la main, en cas d'appel.

Au même moment, comme pour corroborer ses propos, le téléphone se met à sonner. Elle répond, puis note une réservation avec le protocole donné par Marc. Cela me permet de me remettre dans l'ambiance.

Quelques minutes plus tard, elle quitte les lieux. Je m'installe devant le PC mais la sonnerie du téléphone retentit au même moment.

– Ace Tennis Club, bonjour, que puis-je faire pour vous ?

Et voilà mes premiers mots officiels de bénévole prononcés. S'ensuivent une demande de terrain, la recherche d'un horaire libre sur la centrale de réservation puis la vérification de l'identité et de l'abonnement sur la base de données. Le tout en quatre minutes chrono, montre en main. Du travail de pro.

Mais ni répit, ni repos. Deuxième appel à la suite. Cette fois-ci, un non-abonné mais cela ne nuit en rien à mon efficacité : prix renseigné, horaire trouvé, joueur casé. C'est qui la vice-présidente qui risque d'être bluffée ?

Bref, satisfait de ma prise en main. Un bon entraînement avant cet après-midi.

Troisième appel dans la foulée. Décidément...

– Ace Tennis Club, bonjour, que puis-je faire pour vous ?

– Bonjour monsieur, s'exclame une voix grave, je souhaiterais réserver un terrain pour demain matin.

– Pas de problème. Attendez un instant *(courte pause)*. Alors nous avons encore des disponibilités à neuf heures ou dix heures sur terre battue ou dur.

– Ah, dix heures sur terre battue, c'est parfait pour moi.

– Très bien ! Vous êtes déjà inscrit au club, monsieur ?

– Oui, bien sûr.

– Et quel est votre nom, s'il vous plaît ?

– Beuny.

– Ça s'écrit b-e-u-n-y ? le questionné-je.

– Ah non ! c'est b-u-n-n-y, répond-il, surpris, comme si c'était l'évidence même.

– Ah, d'accord... excusez-moi.

Je me mets à taper son nom dans la barre de recherche. Rien n'apparaît. Je réessaie. Toujours rien. Bizarre...

– Vous êtes bien sûr que c'est B, U, deux N et Y ? lui demandé-je.

– Bah oui, je sais quand même bien comment s'écrit mon nom, s'agace-t-il.

– Oui, pardon mais Bunny n'apparaît pas dans le logiciel du club. Donnez-moi votre prénom, on va peut-être vous retrouver comme ça.

– C'est b-u-g-s, épelle-t-il.

– Bugs ? dis-je, interdit.

– Oui.

– Bugs... Bunny.

– Oui, lui-même !! Alors, quoi de neuf, docteur ?!

Un rire tonitruant me perfore les tympans.

– Tu t'es fait avoir, ma petite couille ! se moque une voix redevenue familière.

(Norbert !)

– Putain, Norbert... c'est quoi cette blague à deux balles ?! m'énervé-je. C'est du grand n'importe quoi !

– Oh, c'est bon, Roger, respire un coup. C'était une blagounette. N'en fais pas une affaire d'État.

– Pfff... franchement, t'abuses, t'abuses vraiment ! *(je respire profondément)* Bon, ne me refais plus jamais ça, insisté-je, encore contrarié. T'as de la chance qu'il n'y avait personne avec moi.

– Ah bon, la Belle n'est pas avec son prince charmant ? me chambre-t-il.

– Oh, c'est bon... Allez, boucle-la et n'appelle plus jamais ici, entendu ?! dis-je en raccrochant immédiatement.

– Hum, hum !

Un discret raclement de gorge se signale derrière moi.

Je me retourne.

Élisa.

– Euh, tout s'est bien passé pendant mon absence ?! demande-t-elle, un peu décontenancée.

– Oui, oui, tout à fait *(le rouge me monte aux joues)*, je mettais seulement fin à un canular téléphonique. Franchement, y a des personnes qui n'ont rien d'autre à faire de leur journée ! m'offusqué-je en version Actor Studio.

Elle me regarde, interdite. Mais fort heureusement, il est l'heure de rejoindre Nick. Cela m'évite d'approfondir le sujet.

– Je suis désolé mais je vais devoir y aller maintenant. C'est l'heure de mon entraînement. On se voit, comme prévu, cet après-midi ?

– Oui, oui, tout à fait, c'est ça, me répond-elle, un peu troublée.

Un rapide au revoir lui est adressé. Décidément, rien ne se passe jamais comme prévu avec elle...

Me voici maintenant devant le court. Nick est déjà là, toujours aussi grand et costaud, tee-shirt et short bleus lookés avec casquette Roland-Garros. Le tout sur une bonne gueule, un teint hâlé et un imposant seau de balles trônant à ses côtés.

Bref, le prof de tennis tel que l'on se l'imagine.

– Alors, ça s'est bien passé, hier, au bureau ? me questionne-t-il, direct.

Je réponds sans rien lui cacher sur les évènements de la veille, aussi bien les « bugs » relationnels avec Marc que ma difficulté à m'intégrer aux conversations tennistiques, sans oublier mes péripéties avec Raphaël et ma rencontre avec Élisa.

Nick positive tout de suite mes inquiétudes. Le plus important – pour lui – étant ma compréhension immédiate du poste et ma réactivité pour travailler mes points faibles. Il voit même ma mésaventure Leclerc, non pas comme une preuve d'ignorance dévoilée à mon rival, mais comme un exemple d'implication pour être plus compétent. Ce qui est tout à mon honneur, m'assure-t-il. Il conclut sa partition en proposant de se tutoyer, vu tout ce qui a été partagé sur le court et en dehors depuis plusieurs jours, une proposition immédiatement acceptée et qui apparaît presque comme une évidence.

Me voici en tout cas reboosté par son discours. Une fois de plus, il a su y faire.

Nous entrons ensuite sur le court, avant de nous mettre l'un en face de l'autre, raquette en main. Moment choisi par Nick – à l'image de Bruce Banner mutant en Hulk – pour se retransformer en tyran relou et gueulard.

Et je prends cher, d'entrée. Physiquement avec, comme à l'accoutumée, un rythme intense, voire diabolique, mais également techniquement où la difficulté à relancer les balles s'accentue à cause d'incessants changements de rythme et d'effet de sa part. Au bout d'un long moment, l'exercice - plutôt réussi de mon côté - est arrêté. Profitant d'une (courte) pause, Nick vient me parler.

– En termes de régularité et de physique, tu es revenu à un niveau plus que correct.

– C'est clair, acquiescé-je. Par rapport au début de semaine, c'est le jour et la nuit.

– Mais voilà, c'est un tournoi de double, et non de simple. On va donc s'atteler, dès maintenant, à transposer efficacement tout ce que tu as appris vers le jeu en double.

– C'est-à-dire ?

– Attends-moi, je reviens.

Il part aussitôt. Qu'est-ce qu'il va bien pouvoir inventer, cette fois ?

La réponse arrive rapidement. Deux gars arrivent sur le court, en sa compagnie.

L'un, en claquettes, armé de ses deux genouillères datant de la préhistoire. L'autre, en mode hyper concentré, comme s'il allait jouer le match de sa vie.

– Je te présente Phil et Benoît, me dit Nick. Ils ont

accepté de donner un coup de main et vont jouer en double contre toi pour la suite du cours.

Je les salue.

– Alors, les gars, poursuit le coach en se tournant vers eux, match de quinze points. J'engage la balle sur Roger et à partir de là, le point se joue entre lui et vous. Bien évidemment, comme il est seul, vous n'avez pas droit aux couloirs, contrairement à lui. C'est OK pour tout le monde ?

Nous acquiesçons tous les trois.

– Quant à toi, Roger *(il se tourne vers moi)*, ton travail sera de t'habituer à jouer croisé pour éviter le volleyeur. Mais sans t'interdire, parfois, de frapper long de ligne si tu vois que le joueur est mal placé au filet ou anticipe trop vite.

Une fois les consignes expliquées (et les claquettes de Phil enlevées), nous démarrons l'exercice, ou plutôt la finale de Roland-Garros. Le duo ne lâche, en effet, aucun point. D'un côté, Phil en fond de court. Un joueur relou, statique, adepte du moindre effort, qui arrive, sans aucune technique, à te renvoyer inlassablement la balle jusqu'à ce que faute adverse s'ensuive. Et de l'autre, Benoit, au filet, qui intercepte, comme un mort de faim, mes balles pas assez croisées et ponctue, à chaque fois, ses points gagnants d'un tonitruant *Allleeeeeezzzzz Benoît !*

Bref, du bonheur en barre et un 15 à 4 dans les gencives.

Nick organise ensuite la revanche avec toujours les

mêmes règles, mais en inversant les positions de Phil (qui passe à la volée) et Benoît (en fond de court).

Et cela me convient tout de suite mieux. Avec son dynamisme de koala, le roi de la genouillère passe directement du statut d'emmerdeur en chef à celui de touriste inoffensif. Aucune interception, aucun mouvement, seulement une position privilégiée au filet lui permettant d'être idéalement placé pour mater nos échanges. Ne lui manque plus qu'un siège confortable et une bonne bière pour que le spectacle soit parfait. Quant à notre cher Benoît, aussi propice à l'encouragement intempestif qu'au fair-play créatif, il passe allègrement d'un *Oui, c'est ça Benoît, allez làààààà !* à (un classieux) *Bordel, y a pourtant personne en face,* avec, parfois, quelques échappées poétiques – que Baudelaire n'aurait pas reniées – telles *Putain, la chaaaaaatte !* ou *Nom de Dieu, arrête de mouiller, làààààà !* Bref, leur association de feu me permet assez rapidement de prendre ma revanche.

Malheureusement, Nick change à nouveau les règles et les positions, mettant chacun des deux dans leur partie de terrain préférée, tout en engageant, cette fois, directement sur eux. Et là, ce n'est plus la même chose.

Phil me renvoie, à nouveau, toutes les balles sur un faux rythme, sans avoir l'air d'y toucher et dans n'importe quelle position. Et le tout avec une constance déprimante. Quant au roquet, il réfléchit beaucoup moins au filet et ça convient parfaitement à son jeu. Résultat : la moitié du club l'entend hurler frénétiquement son prénom sur chaque volée gagnante. Au final, une troisième partie perdue mais, comme le dit Nick, le résultat est secondaire. Ma préparation pour le tournoi de double s'affine et va dans la bonne direction. Demain, travail exclusif sur le jeu de double pour être définitivement prêt.

Phil et Benoît en profitent pour quitter les lieux. L'un, chaussé à nouveau de ses claquettes et sur le même rythme indolent qu'avec une raquette. L'autre, devenant subitement aussi courtois et souriant qu'il peut être caractériel et tête de con sur un court.

Quelques minutes plus tard, nous nous dirigeons vers le bar pour faire notre point habituel. Nick débriefe positivement sur ma séance, puis enchaîne sur mon après-midi à venir avec la Belle.

– On attaque les jours les plus importants, Roger, dit-il, sérieusement. Il va falloir montrer à Élisa ton meilleur visage, il faut qu'elle voie le mec bien que tu es.

– J'y compte bien, répliqué-je.

– Il faut qu'elle sente le poids de l'expérience, poursuit-il, qu'elle voie que tu es quelqu'un sur qui on peut compter, sur qui on peut s'appuyer. Un mec qui s'implique, inébranlable, solide sur ses appuis.

(Va me falloir plusieurs vies pour ce résultat-là.)

– Tes cinquante ans doivent être une force : la force tranquille au service de la réflexion et de la maturité.

J'acquiesce mollement, puis Nick me laisse pour aller entraîner. Il me souhaite bonne chance pour cet après-midi et me donne rendez-vous demain matin, sur le terrain. Ce sera alors ma dernière séance avant le fameux tournoi, ma dernière séance pour être fin prêt et montrer mon meilleur visage.

Tic-tac, tic-tac...

CHAPITRE 27

Mon déjeuner, pris à la sandwicherie du coin, touche maintenant à sa fin. Il est temps de rejoindre Élisa au bureau pour notre premier tête-à-tête. Le stress monte, durant la courte marche me menant au club. De nombreux exercices de respiration sont faits pour me sentir mieux, puis vient le moment de rentrer dans le bureau. Là, à portée de main, se trouve ma douceur, mon bonheur, ma dame de cœur. Je toque fébrilement, puis pousse la porte de mon destin et me retrouve devant la tronche de... Claudine.

(...)

Bordel ! mais c'est quoi ce délire ?!

Tant bien que mal, je dissimule ma (grosse) déception.

– Ah tiens, m'étonné-je, nonchalamment, c'est vous qui travaillez ici, cet après-midi ?

– Oui, Élisa a un empêchement de dernière minute. Elle aura pas mal de retard. En attendant, je prends sa relève pour vous épauler.

(Je suis un poissard.)

– On ne va quand même pas vous laisser seul pour votre première journée, ajoute-t-elle d'un sourire mécanique.

Je la remercie sur un ton guère convaincant, puis les

coups de fil redémarrent.

Claudine me laisse répondre à tous et me taxe, sur chacun d'entre eux, d'un débriefing bon à faire pioncer un insomniaque. Heureusement, au bout d'un certain temps, les appels se calment. Elle en profite pour engager la conversation et me demander si j'ai des enfants. Un rapide *non* lui est formulé. Sans transition, elle enchaîne par *Moi, j'ai trois grands enfants. Et je viens même d'être mamie, pour la première fois, cette année !*

Ah, félicitations ! lui est-il poliment répondu (cela me semblait plus approprié que *Je suis ravi pour vous, Claudine mais franchement, je m'en fous royalement.)*

Puis vient le drame.

– Ma petite-fille s'appelle Emma ; elle a trois mois.

– Ah bon.

– Elle est vraiment mimi.

– Ah.

– Vous voulez voir des photos ?

– Euh.

Ni une, ni deux, elle me sort son portable et fait apparaître une quantité impressionnante de photos. Toutes représentant un bébé s'adonnant aux activités diverses et passionnantes, effectuées à cet âge-là. Bref, un passeport direct pour l'ennui intersidéral. Un coup d'œil désespéré est jeté vers la porte : *Élisa, s'il te plaît, arrive.* Mais rien, absolument rien. Je suis piégé.

Une première série « Emma dans son berceau »

m'est commentée avec force et enthousiasme, suivie (sans pitié) par d'autres thématiques comme « Emma en train de boire son biberon » ou « Emma pataugeant dans son bain ».

Et ce téléphone qui ne sonne plus du tout, maintenant.

Je fixe intensément le combiné, comme si la force de mon esprit allait pouvoir déclencher un nouvel appel. Mais rien n'y fait. Et la purge continue…

Cela fait maintenant une éternité que les photos de la petite défilent devant mes yeux. Ma vie n'est pas loin de défiler non plus. J'ai même droit à une vidéo avec Emma, riant aux éclats, à chaque fois que son père prononce *Coucou* avec une voix aiguë surjouée. Un « running gag » qu'il déclenchera huit fois de suite. Le tout, devant une grand-mère s'extasiant tendrement à chaque gloussement et me dévisageant, chaque fois, avec un regard du style *Hein qu'elle est craquante ?!* Bref, cet après-midi ne ressemble (absolument) pas à ce que j'avais imaginé. Heureusement, la sonnerie du téléphone vient enfin me sauver. Je bondis vers le combiné comme un sprinter de cent mètres jaillissant de ses starting-blocks. Tout est fait pour garder ~~mon sauveur~~ cette personne le plus longtemps possible au bout du fil et éviter de replonger dans le monde des doudous et couches-culottes. Mais au bout d'un moment, il faut me résoudre à raccrocher, sous peine que cela devienne trop suspect. Juste à ce moment-là, Claudine lâche sa phrase la plus exaltante de sa journée : « Oh là là, seize heures… Il va vraiment falloir que je parte. » Un frisson de bonheur parcourt sauvagement mon corps.

– Décidément, ajoute-t-elle, cet après-midi est passé beaucoup trop vite.

Je hoche la tête, stoïque. Il est fascinant de constater, à situation équivalente, comme le ressenti peut être différent selon les personnes... Les mystères de l'espèce humaine, très certainement.

Aussitôt, je la raccompagne à la porte pour être sûr qu'elle ne change pas d'avis. Mission parfaitement accomplie. Me voilà seul au bureau, débarrassé de Claudine et ses diaboliques photos, mais toujours sans Élisa. Décidément, les stratégies la concernant restent lettre morte.

Une heure après, même constat, même seum.

Et la frustration gagne du terrain.

À quoi ça sert de se décarcasser si l'objet de ta passion ne daigne même pas venir ?! Et ce téléphone qui n'arrête pas de sonner (sauf quand on en a besoin) !

– Ace Tennis Club, bonjour, que puis-je faire pour vous ?

Et voilà, quelques instants plus tard, une dix-millième réservation de bouclée. Nouvel appel. Cette fois, pour des renseignements sur la rentrée de septembre.

Et le brave Roger qui indique tout ce qu'il faut savoir comme infos importantes, sans que celle qui fasse chavirer son cœur puisse admirer son aisance et son professionnalisme. Inutile, franchement inutile, tout ça.

Plus que vingt minutes maintenant, avant la fin de ma permanence. Le téléphone se remet à sonner.

#RasLeBol

Je décroche, puis fais ma classique phrase d'accueil. Une voix aiguë résonne à l'autre bout du fil.

– Bonjour monsieur, vous êtes bien le président du club ?

– Non, ce n'est pas moi, répliqué-je. Le président n'est pas encore là. Il ne devrait pas tarder, je pense. Vous voulez lui laisser un message ?

– Oui, on a rendez-vous dans dix minutes. Vous pouvez lui dire – quand il arrive – que j'aurai un peu de retard, me dit-elle ou me dit-il.

Impossible, en effet, de savoir, s'il s'agit d'un homme ou d'une femme. Sa voix est un mélange d'aigu et de quelques sons graves. Un peu comme une voix surjouée – comme le père de la petite Emma dans la vidéo – voulant paraître féminine.

Bizarre.

– Et comment vous appelez-vous, demandé-je d'un ton suspect.

– Jackson. Michel Jackson.

Pfff... je soupire, excédé. Ben voyons, Michel Jackson, la voix de fausset... Il n'y a qu'un seul être sur terre capable de faire une telle blague pourrie.

– Putain, Norbert, commencé-je à monter dans les tours. T'es vraiment lourd, je t'avais dit d'arrêter tes conneries.

– Mais...

– Bugs Bunny, ce matin. Et maintenant Michel Jackson. Non mais franchement, t'as rien d'autre à foutre ?! Et pourquoi pas t'inscrire aussi au tournoi, tant que t'y es ? Comme ça, tu pourras mettre des gants en cuir et, à chaque point gagnant, pousser un p'tit cri aigu en te touchant les roubignoles !

– Mais ?!

– Non, sérieux, je suis vraiment pas d'humeur. En plus, ton imitation avec cette voix de puceau efféminé, c'est d'un ridicule !

Je lui raccroche au nez, hors de moi. L'après-midi était déjà foiré mais là, c'est le pompon. La fin de ma permanence n'est pas encore arrivée mais je quitte le bureau. Un grand tour est fait dans le club pour me calmer. Une promenade sans but en longeant les courts, en laissant mes pas me guider au gré des duels sur les terrains et des bruits de balles. Une sorte d'errance qui a le mérite d'atténuer ma colère, de m'apaiser un peu mais de me dessécher également la gorge.

Quelques minutes plus tard, me voici au bar. Une boisson fraîche est commandée au comptoir. J'aperçois alors Marc, assis à une table.

Il m'interpelle, surpris.

– Roger, vous n'êtes pas à la permanence ?!

– Ah, bonjour Marc, dis-je, un peu gêné. Non, je faisais une petite pause rapide avant d'y retourner.

#TeamPinocchio

Il regarde sa montre.

– Ce n'est plus la peine, maintenant. Vous pouvez rentrer chez vous. J'ai un rendez-vous qui va arriver et nous allons le faire au bureau.

Un micro-doute s'empare de moi.

– Ah bon ! un rendez-vous ?! Qui est-ce sans indiscrétion ? demandé-je, tout de go.

– C'est l'adjoint aux sports de la mairie, répond-il, solennellement. Nous allons échanger sur la subvention donnée au club. Il est en retard pour l'instant mais ne devrait pas tard...

– Quel est son nom, le coupé-je, saisi d'une soudaine angoisse.

– Michel Jackson. Mais pourq...

Mes jambes se dérobent aussitôt. Je me raccroche tant bien que mal au comptoir.

– Vous allez bien ? me demande, inquiet, Marc.

– Oui, oui, arrivé-je à articuler, malgré ma détresse.

Au même moment, Élisa arrive au bar, en compagnie d'un sexagénaire, passablement agité.

– Un fou furieux, je vous dis, un vrai fou furieux, l'entend-on se plaindre d'une voix aiguë familière qui n'est, a priori, ni surjouée, ni l'œuvre de Norbert...

Ils se rapprochent de nous, rapidement et dangereusement. Lui furax, elle ennuyée et moi dans une merde noire. N'écoutant que mon courage, je file aux toilettes en prétextant à Marc, une pause « rafraîchissement », suite à mon vertige, mais qui n'est juste qu'un sursis. Une fois arrivé dans ce lieu, ma réflexion se met en route. Que dire ? Que faire ?

Au bout de quelques instants, ma décision est prise. Il y a un moment où l'on doit arrêter de se chercher des faux-fuyants, il y a un moment où l'on doit grandir et assumer ses erreurs. Peu importe les conséquences, peu importe le prix à payer. C'est ce qu'on appelle la maturité, l'expérience, la force de l'âge, mais comme je m'en sens encore très loin, ça sera pour plus tard. Je sors des toilettes en direction du comptoir. Un duo (très) agité me fait face. Seule bonne nouvelle : Élisa est repartie sous d'autres cieux. Décision a été prise d'être offensif.

– Tout va bien, messieurs ? demandé-je.

(Étape 1 : parler d'un ton calme et posé pour qu'il ne reconnaisse pas ma voix.)

– Monsieur Jackson a eu un fou furieux au téléphone, me répond, choqué, Marc. Et c'est en appelant le secrétariat qu'il est tombé sur cet énergumène hystérique.

– Ah bon ?! répliqué-je, scandalisé. Mais comment est-ce possible ?

(Étape 2 : faire le gars qui tombe des nues.)

– Je suis pourtant resté au bureau une bonne partie de l'après-midi, avec Claudine, continué-je. Vers quelle heure est-ce arrivé ?

(Étape 3 : essayer d'en savoir plus pour ne pas leur laisser penser un seul instant que cet énergumène

pourrait être moi.)

– Il y a un quart d'heure, répond, fermé, ~~le roi de la pop~~ l'adjoint du maire.

– Vous êtes sûr que c'était bien le numéro du secrétariat ?

(Étape 4 : semer la graine du doute.)

– Bien évidemment, j'ai appelé le numéro affiché sur Google.

– Je me demande, dis-je d'un air soucieux, je me demande si...

(Étape 5 : instaurer un léger suspense.)

– Vous vous demandez quoi, rétorque immédiatement Marc.

– Je me demande si quelqu'un ne s'est pas introduit dans la permanence...

(Étape 6 : balancer mon histoire bidon.)

– Car il y a vingt minutes, ajouté-je d'un ton grave, ne me sentant pas très bien – comme vous l'avez constaté tout à l'heure –, j'ai quitté la permanence pour prendre l'air. À ce moment-là, il n'y avait plus personne au bureau donc... *(je fixe intensément des yeux le duo)*, donc si l'on vous a répondu, cela ne peut être que quelqu'un d'extérieur *(un blanc est laissé sciemment)*, quelqu'un d'extérieur et de mal intentionné.

Les deux se regardent, surpris et interdits.

#MinuteDeVérité

Et maintenant l'estocade finale.

– Franchement, je ne vois pas autre chose, continué-je, perplexe. À moins qu'une personnalité d'hystérique dégénéré sommeille en moi. Mais à ma connaissance et celle de mes proches, ce n'est pas le cas. En tout cas, pas encore.

Le tout conclu par un sourire complice, absolument pas communicatif.

Mais mon discours semble les avoir convaincus que le coupable est ailleurs.

Marc me confirme sur-le-champ mon ressenti.

– Monsieur Jackson, annonce-t-il, en attendant que nous menions notre enquête, je vous propose de faire notre rendez-vous au bureau. Je suis vraiment, mais vraiment désolé de ce qui s'est passé. Vous pouvez être sûr que lumière sera faite.

L'adjoint pousse un grognement semblant faire office d'accord, puis les deux sortent du bar. Gros soupir de soulagement. Franchement, quelqu'un sur terre doit avoir une poupée vaudou à mon effigie et se délecter à m'en faire baver.

Je n'ai pas d'autre explication que celle-là…

Au moment de sortir du club, je croise celle attendue – en vain – tout l'après-midi.

– Monsieur Jackson a réussi à se calmer ? me demande aussitôt Élisa.

– A priori, oui, la rassuré-je, ils viennent d'aller au

bureau pour le rendez-vous.

– Tant mieux... car cette subvention est vraiment importante pour le club. Vous savez, on a mis beaucoup de temps et d'énergie à construire une relation de confiance avec la mairie.

– Oui, j'imagine, dis-je, mal à l'aise.

– Vous savez ce qui s'est passé, sinon ? C'est quoi ce coup de fil où on l'a traité – paraît-il – de puceau tout en lui disant d'aller se toucher les... hum... parties intimes.

Une soudaine vague rouge m'envahit des pieds à la tête.

– Je... je ne sais pas. A priori, un vilain plaisantin qui s'est introduit dans le bureau pendant mon absence.

Elle me dévisage, interdite.

– Décidément, entre le canular de ce matin et ce vilain plaisantin – comme vous dites – qui s'introduit dans le bureau, tout ceci est bizarre, très bizarre.

Un brasier de plus en plus intense se propage sous ma peau, menaçant à tout moment de me transformer en volcan en éruption. Le silence en profite pour s'inviter entre nous.

– Bon, ce n'est pas le tout, le rompt-elle, mais il faut que je les rejoigne au bureau. Je vous dis à demain.

Elle me salue poliment, avec un peu de distance – je trouve –, puis poursuit son chemin.

Tes cinquante ans doivent être une force : la force tranquille au service de la réflexion et de la maturité, me disait Nick.

Tu parles...

CHAPITRE 28

La porte de sortie du club est franchie. L'humeur est sombre, très sombre même.

Décision a été prise de rentrer à pied. Pendant le trajet, des airs sont spontanément fredonnés pour me changer les idées et éviter de trop cogiter.

♫ Pourquoi je vis, pourquoi je meurs,

Pourquoi je ris, pourquoi je pleure,

Voici le S.O.S.

D'un terrien en détresse ♪♪

♫ Je marche tout seul le long d'la ligne de chemin de fer,

Dans ma tête, y'a pas d'affaire,

J'donne des coups d'pied dans une petite boîte en fer,

Dans ma tête, y'a rien à faire,

J'suis mal en campagne et mal en ville,

Peut-être un p'tit peu trop fragile,

Allô maman bobo... ♪♪

Mon cardio n'a jamais été aussi élevé, ma morosité également. À ce rythme-là, je vais bientôt aller acheter l'intégrale de Mylène Farmer. Heureusement, mon domicile est atteint avant cette dernière extrémité.

Tiens, d'ailleurs, peut-être que Norbert est encore là ; je n'ai pas eu de nouvelles de lui depuis sa blague téléphonique. Il s'est peut-être rabiboché entretemps avec Sandrine. L'ouverture de la porte d'entrée fait office de réponse immédiate : une paire de chaussettes en boule cohabitant avec celle de la veille, un plateau repas – avec assiette dégoulinante et pelures d'orange – laissé sur la table basse et des sachets vides de M&M's en vrac sur le tapis. Et trônant au milieu de tout ça, un gars en calbute ~~allongé~~ vautré sur mon canapé devant une bouse à la télé.

Il me fait un grand signe *Comment ça va, ma couille ?*

Un sourire crispé lui est offert en guise de réponse.

– Désolé pour tout à l'heure, poursuit-il, je pensais que ma blague allait te faire marrer.

– Bah, tu pensais mal !

Petit instant de silence. Norbert le rompt assez vite.

– Ça n'a pas l'air d'aller, dis-moi *(léger silence)*, t'as peut-être envie d'en parler ?

– Non, laisse tomber, répliqué-je du tac au tac.

– Tu sais, dit-il d'une voix redevenue sérieuse, on est potes depuis toujours, tu peux tout me dire.

Je le fixe, interdit, puis après une longue hésitation, décide de m'ouvrir. Il m'écoute alors, religieusement, durant un bon moment : mes états d'âme, mon découragement, mon ras-le-bol ou mon impression d'être maudit à chaque initiative avec Élisa. Du Norbert de (très) haut niveau : réconfortant, étayant et apaisant, voire même boostant pour m'inciter à ne rien lâcher. *Si c'est la femme de ta vie, tu dois n'avoir aucun regret et tout essayer. Le bonheur est à ce prix !*

Il a raison, mille fois raison. Occasion ratée, journée à oublier mais continuer à persévérer. Encore et toujours.

Notre long échange me fait du bien, beaucoup de bien, même. Mon état d'esprit est redevenu combatif et c'est à lui que je le dois. Il est – certes – loin d'être un poète en toute circonstance mais il répond toujours présent, quand on a besoin de lui. Un pote, mon pote.

D'un coup, le téléphone sonne. Je me dirige vers le combiné avant la mise en route du répondeur. Norbert en profite pour se remettre à l'horizontale sur le canapé.

– Allô, dis-je en décrochant.

– Eh bien, tu daignes enfin répondre à ta mère !

(Nom de Dieu ! j'ai oublié de la rappeler !)

– Heureusement, poursuit-elle, que Norbert m'a appelé pour me dire que tu étais toujours vivant, sinon je pouvais continuer à me faire un sang d'encre et m'imaginer les pires scénarios.

– Oui, maman, j'ai...

– Ah ça, coupe-t-elle, pour faire des fêtes surprises, on est bien content d'avoir sa maman ! Mais dès qu'il s'agit de prendre de ses nouvelles, elle n'existe plus. Elle est rayée de la carte, réduite en poussière, morte, enterrée.

– Mam...

– Et dire que j'ai donné toute ma vie pour toi ! Pour, au final, que l'ingratitude et l'oubli soient ma récompense et viennent briser mon cœur déjà bien fragi...

– MA-MAN !

Elle se tait.

Enfin.

– Maman, continué-je, blasé, je t'appelle quatre fois par semaine et t'invite à déjeuner tous les dimanches au resto, plus les nombreuses visites chez toi. C'est pas ce que j'appelle un abandon total.

– Mmh...

– Et pour cette semaine, j'avais pas mal de choses à faire. Mais t'inquiète pas, tout va bien.

Petit instant de silence.

– Bon d'accord, j'accepte tes excuses.

(...)

– Et maintenant, oublions tout ça, Chaton, se radoucit-elle tout aussi vite.

Ma mère ou le principe du soufflé au fromage. Si tu la laisses trop chauffer, elle monte excessivement et t'explose au visage, mais si tu arrives à la canaliser, elle redevient (à peu près) digeste. Autre point commun avec le soufflé : lorsqu'elle est comme ça, elle gonfle rapidement.

– Et sinon, chuchote-t-elle soudainement, comment

ça se passe dans ce club de tennis ? Ça avance avec cette demoiselle ?! Elle fait quoi, d'ailleurs, dans la vie ?

Je pique un fard.

#Consternation

– Attend une seconde, maman !

Ma main est mise sur le combiné. Un demi-tour rapide est fait en direction du canapé.

– Putain, Norbert, ne me dis pas que t'as tout raconté à ma mère ?!

Il sursaute, surpris puis gêné.

– Ben... tu m'avais dit, hier soir, de la rappeler pour la rassurer. C'est ce que j'ai fait.

– La rassurer, pas tout lui déballer !

Un pote, mon pote mais une grosse balance, également.

– Tu la connais, poursuit-il, penaud. Elle m'a mitraillé de questions. J'ai pas eu le choix...

(Ben, voyons.)

Je hausse les épaules, blasé *(bis)*, puis reprend en ligne ma mère.

– Bon, qu'est-ce que t'as raconté Norbert ?

L'intéressé en profite pour quitter discrètement la pièce. Grand bien lui fasse.

– Il m'a dit que t'avais eu le coup de foudre pour une demoiselle, juste après ta fête d'anniversaire, démarre-t-elle sur un ton électrisé.

(Top.)

– Et que tu l'avais suivi, incognito, jusqu'à un club de tennis, poursuit-elle. Avant de t'inscrire dans ce club pour en savoir plus sur elle.

(Encore mieux.)

– Et que maintenant, tu prenais des cours là-bas, pour t'améliorer en vue d'un tournoi de double qu'elle-même allait faire *(elle reprend son souffle, tout excitée)*, ce qui te permettrait de faire sa connaissance et de te rapprocher d'elle.

(La totale... Le principe de la vie privée revisité par Norbert.)

– Justement, Chaton, c'est pour ça que je t'appelais. Norbert m'a dit aussi que tu stressais beaucoup avant ce tournoi de double.

(Norbert. Ce pote, cet ex-pote.)

– Je me suis donc dit que mon expérience en compétition pourrait peut-être t'aider.

– C'est-à-dire ?, arrivé-je à formuler, interloqué.

– Bah Roger... s'étonne-t-elle, vexée, tu le sais bien ! Ai-je besoin de te rappeler mes victoires aux tournois des *Chiffres et des Lettres* ?!

(...)

CHAPITRE 29

Bon... resituons un peu le délire. Il faut savoir que ma mère est une passionnée du programme *Des Chiffres et des Lettres*, une passionnée depuis toujours. Je ne compte ~~pas~~ plus, enfant, les émissions où elle s'agitait devant son téléviseur, à la recherche constante du mot le plus long ou du compte exact. Une (très) dure épreuve mentale pour un gamin venant de regarder *Récré A2* et enchaînant, sans soutien psychologique, sur Patrice Laffont, Bertrand Renard et Arielle Boulin-Prat. Le tout sur un festival de chiffres, consonnes ou voyelles et à un rythme faisant passer les émissions de Drucker pour un programme sous ecstasy. Bref, une punition de tous les instants. Une punition qui vira même au cauchemar lors d'un sombre Noël des années 1980, à l'ouverture des cadeaux. Ma mère ouvrant son paquet sous le sapin – celui offert par mes grands-parents – et découvrant *Le compte est bon !* et *Le mot le plus long*, les deux jeux de société issus *Des Chiffres et des Lettres*. Pour son plus grand bonheur et à mon grand effroi, avec – je m'en souviens encore – sur le couvercle des jeux, Patrice Laffont en gros plan, yeux brillants et sourire narquois, comme pour me signifier : *La fête est finie, gamin, on va plus se quitter maintenant !* Ma mère se jetant ensuite dans les bras de ses parents, eux l'accueillant avec attendrissement et moi, cogitant (déjà) sur l'injustice de la vie.

Voilà comment est née mon aversion définitive pour ce jeu.

Tous les jours, la tronche de Patrice Laffont avec son costard propret. Tous les jours, cette émission interminable à la télé avec ses additions, multiplications, divisions, soustractions, mots barbares et autres définitions de dictionnaire, sans oublier les dimanches où ces deux jeux de société venaient s'inviter inlassablement à notre table familiale. Ne manquaient plus au tableau que *La Chance aux chansons* et *Le Jour du Seigneur* pour sombrer dans une folie précoce. Mais fort heureusement, le destin ne s'était pas acharné à ce point sur moi. C'est en tout cas à cette période que ma mère a commencé à investir (intensément) ce jeu, à enregistrer au magnétoscope les émissions pour améliorer ses performances, à s'entraîner fréquemment aux jeux de société, avant de basculer vers le côté obscur de la force et s'inscrire au club du coin des *Chiffres et des Lettres.*

Et cette descente aux enfers ne s'arrêta pas là : elle participa ensuite au tournoi interne chaque année, avant de consacrer plusieurs week-ends à faire des compétitions officielles, hors département, parfois même à quelques heures de chez elle. Par bonheur, le fait d'être majeur m'avait épargné de la suivre mais pas de l'entendre commenter ses performances, après chaque tournoi. Et voilà que du haut de sa cinquantaine d'épreuves disputées, elle souhaitait me coacher pour ma compet de double... Mais où va-t-on ?!

– Alors, qu'est-ce que t'en penses ? dit-elle, rompant le silence.

(J'en pense que quand tu touches le fond, tu ne peux que rebondir. Eh bien moi, je continue à creuser.)

– Tu sais, Chaton, poursuit-elle, le mental en compétition, c'est primordial. Tu te rappelles du tournoi de Rouperroux-le-Coquet ?

– Oui, maman, répliqué-je sur un ton las, je m'en rappelle. Tu me l'as raconté mil...

– Eh bien, me coupe-t-elle sans vergogne, Bernadette était ex-aequo avec moi, en fin de jeu. Et il ne restait plus qu'un dernier coup de lettres à jouer. Tu sais alors ce qu'il s'est passé ?

(Comment l'oublier ?! La redoutable Bernadette battue sur le fil et la première victoire de ma mère en tournoi. Toute la ville a été mise au courant.)

Je pousse un grognement faisant office de réponse positive mais cela ne l'empêche pas de poursuivre, fiévreusement.

– L'animateur a tiré ses neuf lettres. Très exactement L-R-O-E-U-J-S-U-E. Le chrono s'est mis en place. Et au moment du gong, Bernadette a annoncé sept lettres avec LOUEURS. Je n'avais pas mieux mais une inspiration de dernière minute m'est venue comme ça, comme par enchantement. Huit lettres avec ROULEUSE.

(Il y avait également huit lettres avec JeuRelou, mais pas sûr que cela aurait été validé.)

– Et voilà comment j'ai arraché ma première victoire en tournoi, continue-t-elle. Malgré la pression, malgré l'enjeu. Et tu sais pourquoi ?!

– Non, mais tu vas me le dire, je suppose...

– Parce que tout ce qui s'était passé avant ou allait

se passer après n'avait plus d'importance. J'étais uniquement concentré sur le moment présent. Plus de stress, plus de pression, juste le mot à chercher. Et ça a marché ! Ça a été le début de toutes mes victoires en tournoi.

(Oui, enfin, il y en a eu deux.)

– Voilà, Chaton, le secret et la marche à suivre.

– Très bien, maman, merci pour tes conseils, j'y penserai en temps voulu, déclaré-je poliment.

– Oui, penses-y, mon fils. D'ailleurs, dès que je ressens de la tension en tournoi, je me mets à fredonner le générique de l'émission *(elle ravive mes mauvais souvenirs en le chantant à tue-tête au combiné)*. Ça m'apaise aussitôt et me permet de trouver automatiquement ma concentration. Mais peut-être auras-tu une autre astuce pour y arriver.

(Tu peux en être sûr.)

– Bon, maman, je vais devoir te laisser. Il se fait tard.

(Et j'en peux plus de cette journée.)

– Tu as raison, Chaton. Repose-toi ; le sommeil, c'est important avant une grande compétition. C'est ce que je fais avant chaque tournoi et...

– Il va vraiment falloir que je te laisse, maman, insisté-je, agacé. Norbert s'est installé chez moi – il a dû tout te dire, le connaissant – et il va falloir que l'on mange maintenant.

– Oui, oui, bien sûr. Pas de problème, mon chéri. Bon

appétit et de gros bisous.

– Au revoir, maman.

Je raccroche, essoré, physiquement et mentalement. Il est temps – je pense – de prendre la meilleure décision du jour. Quelques instants plus tard, après un dîner vite expédié, mon lit est rejoint dans un silence rassénérant. Ne me reste plus qu'à plonger rapidement dans les bras de Morphée, ce qui sera finalement le cas et le seul objectif réussi de la journée.

CHAPITRE 30

Le réveil sonne. J'émerge d'un sommeil profond, comme s'il était trois heures du mat, le corps exténué et des courbatures à n'en plus finir. Ma transformation subite en sportif de compet commence à peser fortement sur mon organisme.

Le petit déj est pris en pilotage automatique, rythmé par les ronflements de ce très cher Norbert, puis le sac préparé (très) lentement, en essayant de ne rien oublier. L'esprit embué et l'énergie décédée, je me traîne jusqu'à l'arrêt de bus où seule ma bonne éducation m'empêche de virer trois mamies qui ont squatté le banc prévu pour ma carcasse en souffrance. Fort heureusement, le bus quasi vide me permet de m'asseoir. Vingt minutes plus tard, le court de tennis est péniblement atteint. Nick vient à ma rencontre.

– Eh bien, ça n'a pas l'air d'aller, ce matin ? m'apostrophe-t-il, directement.

– Oui, c'est moyen, confirmé-je. J'ai des courbatures de tous les côtés et mon corps est totalement détruit.

– OK *(pause)*, OK... *(il réfléchit un court laps de temps)*. On va donc y aller tranquille ce matin : une petite séance en douceur pour éviter une blessure. Je te propose une première heure avec paniers de services et travail au retour et une seconde à travailler, avec moi, les automatismes du double contre Benoît et Phil.

Je valide spontanément son programme, soulagé que ça ne soit pas reparti pour une nouvelle boucherie physique, puis nous démarrons cette dernière séance. Eh oui, déjà la dernière. Immédiatement, les progrès de mon service – diablement efficace lors de cette première demi-heure – sont une (très) belle surprise. Avec la fatigue, ce coup est frappé moins en force, plus en relâchement, et cela fait une nette différence. Après avoir démarré ma semaine en mode « service public » (pour l'inefficacité de ma balle), voici que mon engagement oscille maintenant entre « service d'ordre » (musclé et autoritaire) et « service religieux » (je sers comme un Dieu !).

Bref, je m'épate... mais malheureusement, pas très longtemps. Me voici maintenant positionné au retour de service. Nick me bombarde d'engagements à vitesse, effet et angle différents. Une vraie torture. Torture technique pour arriver à renvoyer la balle dans le terrain, mais torture physique aussi en raison de ma vitesse de réaction, proche du néant. Bien que semblant soucieux, Nick me rassure : « Demain et même tout à l'heure avec Phil et Benoît, ça ne sera pas aussi compliqué à retourner ! »

#Mouais

Au même moment, les deux lascars arrivent sur le court. Nous démarrons alors le match de double et Nick redevient tyran en chef.

Et vas-y que je te braille de rester à côté de moi, et vas-y que je te beugle de protéger ton couloir sans oublier les : « Redescends !! Joue au centre ! Laisse-là !

File à la volée ! » File à la volée... attends... mais que se passerait-il s'il coachait les deux autres ? Eh oui, s'il hurle à Benoît « File à la volée ! », ne serait-ce pas une erreur de syntaxe pouvant conduire à une faute tactique ?! Car cela peut être compris par « Phil, à la volée ! » Et dans ce cas, le joueur (non concerné) fait une interprétation erronée et suit inopportunément la consi...

– Ohhhh... Roger, qu'est-ce que je t'avais dit ?! crie soudainement Nick.

Plongé dans mes pensées, mon couloir n'a pas été couvert et le retour de service de Benoît s'engouffre dans cette direction. Je bafouille une excuse inaudible, puis reprends, dans l'autre carré, ma position et ma concentration. Deux jeux plus tard, la manche se termine en leur faveur.

Dans la foulée, Nick nous propose un ultime set d'entraînement. J'acquiesce mécaniquement à sa proposition, bien que mon corps soit en lambeaux. Fort heureusement, Phil décline pour cause de rendez-vous imminent. Ça sent la fin de séance.

– Je peux faire le quatrième, si ça vous dépanne !

Tout le monde se retourne vers cette voix (bien trop) reconnaissable et tombe sur Raphaël, à quelques mètres du grillage, nous gratifiant de son sourire le plus commercial.

– En plus, ça me permettra de m'entraîner pour le tournoi de demain.

(Bon Dieu, il le fait aussi...)

– Bah oui, bonne idée. Joins-toi à nous, lui répond Nick, après un bref regard désolé en ma direction, cela permettra à tout le monde de jouer.

– Merci coach, se réjouit Raphaël, en lui donnant une tape amicale dans le dos. Et si tu veux faire travailler certains coups à Roger, y a aucun problème, je peux m'adapter et jouer moins vite.

(Non mais quelle tête de nœud !)

Phil parti, le boulet prend sa place et forme le nouveau duo avec Benoît.

Gros sac Babolat à l'épaule, raquettes customisées, tenue Nike dernier cri et mèche blonde ceinte d'un bandeau, le mec ressemble plus à une gravure de mode qu'à un joueur de tennis. C'en est presque ridicule mais peut-être que mon ressenti manque un poil d'impartialité...

Allez, c'est parti ! le set d'entraînement démarre sur les chapeaux de roue. Comme je le redoutais, Raphaël a une maîtrise de la balle bien supérieure à la mienne. Son niveau est même un cran au-dessus de Benoît. Aisance, précision, irrégularité parfois, certes, mais le garçon assure et se trouve souvent à la conclusion du point. Décourageant... Seul avantage de la situation : cela m'oblige à travailler sur une intensité supérieure, bien aidé en cela par Nick qui me braille toutes les subtilités du double dans les moindres détails – positionnement comme stratégie. Sur la balle de set, une accélération du bellâtre s'échappe du terrain. Un tonitruant *OUUUUUT* est annoncé de mon côté mais la balle retombe finalement pleine ligne... Hyper gêné, je rectifie mon annonce qui fait office de fin de set. Nous nous saluons ensuite tous les quatre. Avec l'assurance du mec se croyant au-dessus, Raphaël vient me voir, sourire en coin : « Alors, Roger... c'était pas précisé dans ton livre qu'une balle sur la ligne est bonne ?! » Il enchaîne par un clin d'œil style *Je déconne* puis prend congé de nous tous.

#NoComment

Bien que saoulé par le personnage, la satisfaction reste de mise à la fin de l'entraînement. Je me sens prêt pour demain ; inquiet, bien évidemment, mais prêt. Et c'est ça le plus important ! Ne reste plus qu'à mes (grosses) courbatures de disparaître complètement.

Comme s'il lisait dans mes pensées, Nick m'interpelle aussitôt : « On ne va pas se poser au bar, aujourd'hui. À la place, tu vas aller bien t'étirer. »

Après avoir salué Benoît, je file au vestiaire en sa compagnie. Sans aucune transition, il me fait exécuter plusieurs étirements. Tous ont un point commun : pénibles, indigestes et confirmant ma génétique fort éloignée de l'Homme-Élastique.

– Bon, sinon, ça s'est passé comment hier au bureau avec Élisa ? me questionne-t-il.

Entre deux étirements de la mort, je lui annonce sans détour ma faillite totale : le lapin de la Belle comme l'impair avec Jackson. En le rassurant tout de même sur le fait que personne ne me soupçonne.

– Décidément... réagit-il avec une moue un peu désabusée.

Quelques minutes plus tard, je finis ma dernière position de torture. La séance d'étirements est maintenant terminée.

Enfin.

– Pour être en forme demain, ça serait mieux que tu zappes le cours collectif, me dit Nick, tout de go.

– Le cours collectif ? répété-je, surpris.

– Oui, le cours collectif du vendredi soir, celui prévu dans ton abonnement d'été.

– Ah oui, c'est vrai.

– Il vaut mieux que tu restes au calme chez toi. Ça permettra à ton organisme de récupérer et à ton esprit de se relaxer. Cela ne fera pas de mal aux deux.

J'acquiesce aussitôt. De toute façon, me réentraîner ce soir aurait été au-dessus de mes forces. Nous marchons ensuite côte à côte le long des terres battues. Nick me dévisage en silence, les sourcils froncés, puis s'arrête d'un coup.

– Qu'est-ce qu'il y a ? lui demandé-je, surpris.

– Fallait que je te dise, Roger, les inscriptions sont terminées pour le tournoi. Il y a seize équipes inscrites. Ça se fera sous forme d'élimination directe et la finale se déroulera dimanche.

– OK. Très bien. Et tu sais avec qui je suis ?

– Oui, j'ai fait le tirage au sort ce matin, pour la constitution des duos.

– Et alors ?

– Et alors, ce n'est pas ma manière de faire, vraiment pas ! J'aime bien les choses droites, carrées mais j'ai fait une exception te concernant, pour la bonne cause, et parce qu'il s'agit d'un tournoi amical non homologué.

(Mais qu'est-ce qu'il raconte ?!)

– Le hasard... hum... enfin plutôt ma main téléguidée, poursuit-il, t'a mis en duo avec Élisa.

Je le fixe, incrédule.

– Avec... Élisa ?!

CHAPITRE 31

– Oui, poursuit-il, sérieux comme un pape, vous allez jouer ensemble. Après toutes les difficultés rencontrées avec elle, cela me semblait la meilleure option. Vous allez ainsi faire mieux connaissance et vous battre pour la gagne. Cela va renforcer votre cohésion, votre harmonie et développer – plus vite que n'importe quoi d'autre – votre complicité.

– Waouh... je ne sais pas quoi dire, Nick, tu...

– Alors ne dis rien, me coupe-t-il, un peu mal à l'aise. Et donne le meilleur de toi-même. Élisa est en plus une battante et ne lâche jamais rien sur un terrain. Il faudra être raccord, également dans ce secteur.

– Tu peux compter sur moi !

– J'ai également procédé au tirage au sort des matchs, poursuit-il.

– Et alors ?! sur qui on tombe ? demandé-je, encore tout excité par la nouvelle précédente. Je les connais ?

– Plutôt, oui.

– C'est qui ?

– Un mec au bandeau, nommé Raphaël, et une certaine Claudine, travaillant au secrétariat.

(...)

– Tu plaisantes, j'espère !

– Absolument pas.

– Mais on va se faire découper en morceau, t'as vu le niveau de Raphaël ?! l'interpellé-je, horrifié.

– Tout d'abord, réplique-t-il d'un ton ferme, c'est un tirage au sort avec tout ce que cela comporte comme hasard. Je t'ai accordé un passe-droit – même si c'était mon initiative – pour que tu fasses équipe avec Élisa, mais je n'allais pas aussi trafiquer le reste.

– Mmh.

– De plus, oui, Raphaël est un bon joueur, je te l'accorde. Mais de la même manière qu'Élisa joue très bien, la puissance en moins. Et comme Claudine se débrouille à peu près comme toi, en étant beaucoup moins mobile, cela fera au final un match très équilibré. Tu verras.

Je hoche la tête, pas plus convaincu que cela.

Quelques mètres plus tard, notre échange prend fin. Nick doit en effet donner un cours pour l'école de tennis. Il rentre alors sur le terrain, entouré par six têtes blondes attendant frénétiquement de frapper dans la balle.

Dans la foulée, le club est quitté. Même si le timing est serré, décision est prise de rentrer déjeuner chez moi pour faire une coupure, réfléchir à cette double annonce et économiser un billet de dix à la boulangerie du coin.

Un choix judicieux, très judicieux même lorsque je découvre à mon domicile ce mot laissé sur la table basse :

Salut ma couille,

Sandrine m'a dit que je pouvais revenir à la maison.

C'est trop top !

Merci pour le canap et bonne chance pour demain.

On se tient au jus.

Norbert

Une excellente nouvelle pour lui, comme pour moi.

Cette grosse heure de répit/repos en solo me fait en tout cas un bien fou. Le bonheur de faire équipe avec Élisa a pris le pas sur l'inquiétude d'en prendre une bonne par Raphaël. Résultat : mon énergie est revenue et ma motivation est remontée de deux crans.

Il est l'heure maintenant de partir ; le bus est pris dans la foulée. Après vingt minutes de trajet, me voilà au club, puis devant la porte du bureau, prêt à retrouver Marc, Claudine et surtout Élisa. Un frappement timide à la porte est effectué. Mon cœur se remet à tambouriner. Une voix masculine - celle de Marc - me répond d'entrer, ce que je fais. Le président est assis en compagnie de Claudine mais toujours pas d'Élisa.

#BisRepetita

Décidé à faire profil bas, je m'active alors à travailler le plus efficacement possible, en toute discrétion. Une initiative qui semble porter ses fruits.

Lors de leurs fréquents échanges, le duo me mêle peu à peu à leur conversation. Justement, les voilà en train de parler tennis. Plus précisément, de la Coupe

Davis. C'est le moment parfait pour entrer dans la danse et balancer mon savoir (au moins qu'il me serve à quelque chose).

Et voilà que je te cite les plus grands pays victorieux de l'épreuve, que je m'extasie sur l'ambiance indescriptible qui règne dans les tribunes ou fais un retour nostalgique sur la bande à Noah et cette fameuse *Saga Africa* de 1991.

Bref, du travail documenté de haute précision et bien intégré au sujet, le tout parachevé par un final de toute beauté : « Malheureusement, avec la nouvelle réforme de l'épreuve, c'est du grand n'importe quoi. On peut même dire que cette Coupe dévisse ! » Une conclusion tout en lucidité et humour fin, tellement fin que le duo met un petit temps à comprendre le jeu de mots, avant de m'offrir un sourire collectif en guise de récompense.

#CestQuiLeBoss

Un nouveau débat sur le tennis actuel est ensuite lancé : la recherche constante de la puissance dans le jeu. Plus d'hésitation pour prendre la parole. Un court monologue est fait sur la disparition des artistes et autres manieurs de balle au détriment des cogneurs. Marc confirme mes propos en déplorant la tendance à frapper encore et toujours chez les joueurs d'aujourd'hui.

– On n'a affaire maintenant qu'à des bûcherons ! renchérit Claudine.

– Et des bûcherons qui, à chaque frappe, font feu de tout bois, ajouté-je, malicieusement.

Sourire général dans l'assistance. Leur regard est en train de changer.

Incontestablement.

Je gagne mes galons en tant qu'expert du jeu et bénévole fiable, et il sembl...

Ma pensée s'arrête d'un coup, mon regard se fige, l'entorse de la rétine me guette. Marc vient de se lever avec des... espadrilles aux pieds. Oui, des espadrilles. Nous sommes au vingt-et-unième siècle et certains êtres humains continuent de porter des espadrilles, sans chaussettes et de couleur grise, en plus.

Comment peut-on afficher au grand jour cette faute de goût avérée ?

Je secoue la tête, horrifié. Un souvenir d'enfance me revient aussitôt. Ma mère vient de m'acheter des espadrilles bleu marine. Du haut de mes six ans et demi, je les toise sans jugement aucun – très certainement la naïveté d'un enfant faisant confiance au choix maternel –, jusqu'à ce drame survenu peu avant l'été dans cette (redoutable) classe de CP. L'amalgame avec un célèbre tueur de biche n'est alors plus qu'un lointain souvenir et mon prénom de moins en moins moqué. Je commence à me fondre dans la masse.

Enfin !

La belle Émilie, certes, ne me délivre plus de bisous mais sa reconquête est tentée, tous les midis à la cantine, en prenant double dose de steak haché. Bien que mon prénom ne soit plus synonyme de danger de mort pour les biches, je lui prouve ainsi chaque jour qu'un redoutable carnivore sommeille toujours en moi, prêt à dévorer tous les steaks qui ont le malheur de trop s'approcher de moi.

#BadBoy

Bon, sans trop de succès, ma foi, mais ce n'est rien en comparaison du cauchemar de la mi-juin. De plus en plus intégré au collectif, je participe alors, avec mes nouvelles chaussures, à une balle au prisonnier avec fougue et enthousiasme pour montrer mes talents à mes camarades et épater Émilie. Mais tout ceci a un prix, être en nage sous cette chaleur de plomb, et va engendrer une conséquence non prévue. Après la récré, mes espadrilles sont ôtées au profit de mes chaussons de classe. Et là, c'est le drame. Une voûte plantaire à l'agonie, olfactivement parlant, avec une odeur faisant tourner de l'œil – même à son propriétaire – et détectable à trois kilomètres à la ronde. Une aubaine pour se rappeler au bon souvenir de la classe et redevenir le centre d'attention de tous. *Roger, il pue des pieds !* sera ainsi le refrain à la mode jusqu'aux grandes vacances, et scellera définitivement mes chances de renouer avec les bisous d'Émilie. Bref, une (nouvelle) blessure de jeunesse qui a certainement provoqué –consciemment ou non – cette répulsion naturelle vis-à-vis de ces singulières chauss...

Un appel met fin à mes pensées : une nouvelle demande de réservation maîtrisée en deux temps, trois mouvements, puis nous repartons sur quelques anecdotes ou histoires sur des adhérent(e)s. Rien de vraiment intéressant, jusqu'au moment où la porte s'ouvre et qu'une délicieuse créature inonde la pièce de tout son charme et son élégance.

Élisa.

CHAPITRE 32

♫ Mon cœur te dit je t'aime,

Il est perdu sans toi,

Mon cœur te crie je t'aime,

À chaque fois qu'il bat... ♪♪

– Bonjour Élisa, ça va ? lui demande Marc, interrompant subitement l'hymne de mon inconscient.

– Oui, je te remercie, répond-elle, tout en faisant un petit coucou à Claudine et un sourire poli en ma direction.

Elle se positionne ensuite derrière un PC.

– Bon, maintenant que t'es arrivée, enchaîne Claudine, je vais pouvoir y aller.

(Très bien, ça. Une de moins.)

Ne reste plus alors que Marc et nous au bureau. J'en profite pour m'activer comme une fourmi et montrer à Élisa que le travail administratif n'a déjà plus de secrets pour moi, jusqu'au moment où le Destin – ressentant, très certainement, une terrible culpabilité vis-à-vis de moi – se dit : *Bon, je lui en ai mis plein la tronche, ces derniers jours. On va peut-être se calmer et lui donner un petit coup de pouce.*

Cela se traduit par une question d'Élisa demandant à Marc où en est la subvention municipale, et ce dernier lui annonçant un rendez-vous imminent à la mairie avec l'adjoint aux sports.

– Je vais essayer, ajoute-t-il, de finaliser cela cet après-midi. Pour l'instant, impossible de connaître la somme exacte de la subvention, monsieur Jackson entretient un vrai suspense.

(C'est vrai, Jackson a toujours été fort pour les Thriller.*)*

Je m'autocongratule pour ce trait d'esprit, sans en faire profiter les autres. Cela ne me semblait pas indispensable, surtout après l'épisode d'hier.

Puis Marc part.

Nous nous retrouvons seuls, comme sur une île déserte.

Échoués et pouvant seulement compter l'un sur l'autre.

Oui, seuls au monde, elle et moi.

Prêts à se découvrir, s'apprivoiser, s'ouvrir.

Comme Robinson Crusoé et Vendredi.

Enfin presque. Car pour ces deux-là, l'objectif final devait être (un poil) différent du mien. Encore que... si ça se trouve, ils ont franchi le pas. Perdus dans l'immensité océane, ils ont ressenti une terrible rupture doublée d'une très forte émotion anxieuse. Un rapprochement physique s'est alors enclenché, dû à une envie irrépressible de réconfort ou lors d'un désœuvrement passager les ayant conduits à quelque chose de plus charn...

– Vous avez eu beaucoup d'appels en début d'après-midi ? me demande une voix posée.

Cela met aussitôt fin à mon analyse psychologique du naufragé.

– Euh, oui, beaucoup. Mais au final, ça allait quand même... sauf à certains moments où il y en a eu beaucoup plus que d'autres... mais au final, pas tant que ça, bafouillé-je.

Elle me regarde, interdite. Je la toise, nerveux. Depuis le double épisode malheureux de la veille, elle est moins avenante en ma compagnie et cela me perturbe.

Un ange passe, puis deux. Il faut vraiment que je me reprenne.

Émilie, Gaëlle, Céline ; je ne vais pas tout foirer également avec Élisa. Le Roger des râteaux doit se transformer en Federer de la séduction.

La sonnerie du téléphone me permet de retrouver mes esprits. Je décroche, puis me lance dans un magnifique exercice relationnel tout en efficacité et convivialité avec mon interlocuteur.

Un petit coup d'œil en biais est jeté à l'Élue. Elle semble affairée sur son PC mais peut-être a-t-elle une oreille qui traîne pour boire ma performance ?

Une fois ma mission accomplie, je raccroche. Elle se tourne vers moi, avec un léger sourire.

– Franchement, lorsque vous ne raccrochez pas au nez des gens, vous vous en sortez plutôt bien pour quelqu'un qui démarre.

Le rouge me monte aux joues.

– Je... je vous remercie.

C'est pas possible, elle me vanne et je la remercie pathétiquement. Mon sens de la répartie est une vraie cata... Son trait d'humour a néanmoins le don de me désinhiber. Pas de manière spectaculaire, certes, mais suffisamment pour ne plus faire de phrases sans queue ni tête lors de nos échanges. À défaut d'être placée sous le sceau de la séduction, l'ambiance redevient plus conviviale, comme hier matin.

J'en profite pour en savoir un peu plus sur elle, avec finesse et stratégie.

– Sinon, vous faites quoi dans la vie ? démarré-je.

– Je suis professeure des écoles. Et vous ?

– Euh... bah... en ce moment, je fais une pause dans ma carrière pour pouvoir mieux me recentrer.

– Ah, vous êtes en recherche d'emploi.

(...)

– Euh oui, c'est ça.

(En effet, j'en fais un beau de stratège...)

Bon, vite esquiver le sujet, ce n'est peut-être pas là où j'ai le plus de chance de l'éblouir.

– Et vous enseignez dans quelle classe ?

– En CM2. C'est très intéressant car on doit les préparer à l'entrée au collège mais c'est aussi très animé *(elle sourit)*. Mais bon, j'aim...

Un nouvel appel interrompt notre échange. Je réponds et mets tout en œuvre pour qu'il dure le moins longtemps possible. Mission parfaitement accomplie.

– Vous disiez, relancé-je.

– Oui, reprend-elle, je disais qu'enseigner m'a toujours plu, même si ces dernières années, ma fonction de directrice d'école a pris le pas. J'aimais bien, d'ailleurs, ce nouveau rôle pour tout ce qui est coordination, élaboration du projet scolaire ou relation avec les parents. Mais c'est terminé maintenant, je suis redevenue « maîtresse » à plein temps.

– Ah bon. Et pourquoi – si ça n'est pas trop indiscret ?

(Oui, c'est ça, Roger, t'es bon là, continue !)

– Disons que... *(elle hésite)*, disons que ma vie privée a changé et qu'être parent en solo m'a obligé à avoir des horaires moins tardifs à l'école.

(Ah, elle est donc bien séparée mais aussi maman.)

– Oui, je comprends... Et comment s'appelle votre fils ou votre fille ?

– Ulysse.

– C'est mignon, ça. Il a quel âge ?

– 10 ans.

– Très bien.

La sonnerie du téléphone interrompt à nouveau notre échange. Elle se charge de répondre. J'en sais maintenant un peu plus sur elle : maman, enseignante et la confirmation qu'elle est séparée. C'est peut-être le moment d'arrêter le questionnaire « vie privée » sous peine d'être trop intrusif. Revenons au mode tennis.

Dans la foulée, la Belle met fin à l'appel.

– On m'a dit que vous aviez également été présidente du club, continué-je.

– En effet, c'est ça. Qui vous l'a dit ?

– Nick. Il vous regrette, d'ailleurs, dans ce rôle et ne serait pas contre un retour de votre part, ajouté-je en souriant.

– Sacré Nick *(elle rigole)* ! Mais ce n'est plus possible maintenant, ce rôle était devenu trop chronophage par rapport à... hum... ma nouvelle organisation de vie. Et puis Marc fait de l'excellent travail, c'est moi qui l'ai poussé, d'ailleurs, à me remplacer. Nous travaillons différemment, certes, mais il fait passer l'intérêt du club avant tout autre chose et ne compte pas ses heures.

La conversation se poursuit ainsi, fluide et sans temps mort. Je n'ai pas le souvenir dans mes histoires passées d'une telle évidence, aussi vite, aussi forte. Physiquement comme mentalement. Nous sommes connectés, faits l'un pour l'autre. Ce délicieux constat m'enhardit au plus haut point et décuple ma confiance dans cette dernière heure passée ensemble.

La preuve avec les highlights de ma prestation.

Sixième minute : appel, cette fois-ci, pour une éventuelle inscription en septembre. Je communique tous les tarifs annuels, sans m'aider (!) de la brochure papier. Et le tout avec une petite touche commerciale qui emporte la mise. Du travail de pro.

Dix-septième minute : elle s'approche (très près) de moi et me raconte, yeux dans les yeux, son rôle précis de vice-présidente. J'arrive à ne pas tomber en pâmoison et à l'écouter jusqu'au bout. Sans défaillir.

Vingt-quatrième minute : elle parle de sa raquette et dit ne pas mettre de grip. Je lui réponds : « Dommage, ça aurait permis d'enrhumer votre adversaire. » Sourire poli de sa part mais sourire sincère.

Trente-sixième minute : elle évoque son inscription au tournoi de double. Je mime (avec talent) la surprise : « Ah bah tiens, moi aussi ! » Puis ajoute avec esprit : « Si ça se trouve, on va jouer l'un contre l'autre. Ou même pire, ensemble ! » Ça la fait marrer.

Quarante-huitième minute : nouvel appel. Nouvelle démonstration de force de ma part. Le standard téléphonique a une machine de guerre et celle-ci se nomme Roger.

Soixante-et-unième minute : nous sommes dans les arrêts de jeu. Elle me parle de Marc sur un court et de sa faculté à courir comme un lapin. Je lui rétorque : « J'espère, au moins, qu'il ne carotte pas les points. » Premier rire franc de sa part.

#WhatElse

Toutes les bonnes choses ont (hélas) une fin. Il est l'heure maintenant de partir. La Belle sort la première du bureau. Juste à cet instant, une voix résonne : « Hey Élisa ! »

Le boulet...

Encore et toujours lui. Décidément, le gars est multidimensionnel dans ce club ; impossible d'y échapper.

– Dis-moi, les grands esprits se rencontrent, poursuit-il, je pensais justement à toi, à celle qui envoûte la balle *(clin d'œil de séducteur à la mords-moi le nœud)*. Serais-tu dispo pour jouer, là maintenant, en vue du tournoi de demain ?

Je me décide alors à pointer le bout de mon nez, histoire de lui montrer que Bibi est là. Il me fixe, surpris de ma présence et même doublement surpris lorsqu'Élisa me gratifie, au même moment, d'un sourire aussi spontané qu'inattendu.

– Désolé, Raphaël... lui répond-elle, je viens de passer mon après-midi à la permanence et il faut que je rentre pour aller chercher Ulysse au centre aéré *(elle nous regarde tous les deux, à tour de rôle)*. À demain, messieurs, pour le tournoi !

Elle nous fausse alors compagnie. Ne reste plus que lui et moi nous dévisageant silencieusement dans le couloir. Lui, soudainement un peu plus méfiant envers ma personne et moi, décidé à me battre encore plus pour Élisa.

Je brise le silence en premier.

– Ce n'est pas le tout mais faut que j'y aille aussi, lui dis-je sur un ton neutre, on se voit donc demain.

– C'est ça, à demain, me répond-il, mécaniquement.

Je m'éloigne très vite du bureau, des papillons plein

le ventre. Ce moment en commun avec Élisa a été sans fausse note. Et que dire de son délicieux sourire qui m'a été offert, juste devant le boulet, en plus ! Un magnifique cadeau, un moment d'éternité, un motif d'espoir pour aller plus loin.

Autre bonne nouvelle : je n'ai pas senti, dans ses échanges avec le bellâtre, autre chose qu'une relation de camaraderie. Bref, cet après-midi a été un pied total.

Le club est maintenant quitté et l'envie de partager mon bonheur, plus forte que tout. Je prends mon portable et un SMS est écrit à la vitesse de l'éclair.

Salut l'ami,

Ravi pour toi que tout se soit arrangé avec Sandrine.

De mon côté, j'ai passé un superbe après-midi avec Élisa.

Elle est formidable et en plus, c'est avec elle, demain, que je joue le double ! Bref, tout roule.

Je te tiens au jus.

Le retour à mon domicile se fait ensuite avec des rêves plein la tête : gagner le tournoi, approfondir cette évidence avec Élisa et vivre avec elle une magnifique histoire d'amour. Nous ferons alors des projets d'avenir en commun, nous construirons une relation basée sur la confiance et le respect. Je vois déjà gambader le petit Ulysse à côté de nous. Il a déjà un père mais mon rôle de beau-père sera pris très au sérieux. Nous formerons une famille unie. J'aiderai ma moitié dans son quotidien pour qu'elle puisse se consacrer de nouveau à son rôle de directrice d'école, voire même de présidente du club, si le cœur lui en dit (Nick en serait ravi !). De son côté, elle m'encouragera dans ma recherche d'une autre sphère professionnelle, d'un autre métier où j'arrive à m'épanouir. On sera plus forts tous les deux, même invincibles. Finie cette solitude parfois pesante, finies les soirées en solo sur le canapé. Elle entrera dans ma vie par la grande porte, je lui présenterai mes proches et...

L'arrivée d'un SMS de Norbert interrompt mes pensées.

Super de faire ce double avec elle ! Ça te permettra d'être bien placé sur le court pour mater son derrière sans te faire pincer ! Le plan parfait, quoi... lol.

(...)

Bon... finalement, la présenter à certains proches attendra un peu. On n'est jamais trop prudent...

CHAPITRE 33

Le réveil du portable se met en route, mais cela fait bien longtemps que mes yeux sont ouverts, que mes pensées s'agitent. Aujourd'hui est le jour de vérité.

En tout cas, celui où tous les efforts concentrés pour le tournoi doivent trouver leur couronnement.

Première bonne nouvelle : mon corps est moins meurtri au réveil. Sûrement mes onze heures de sommeil (je n'en pouvais plus hier soir).

Rendez-vous a été donné aux participants, à quatorze heures, au bar-restaurant du club, afin de les briefer sur l'organisation, l'horaire de leur match et le nom de leur binôme. Cela me laisse quelques heures pour tout préparer, sans speed et sans stress.

La table du petit déjeuner est ainsi dressée. Le pot de confiture se mue toutefois en adversaire coriace. Impossible de l'ouvrir mais pas d'énervement de ma part. Mes mains sont essuyées méthodiquement sur mon bas de pyjama, puis viennent se positionner autour du pot. Calmement, sûrement. Et celui-ci rend aussitôt les armes devant tant de puissance maîtrisée. Le couvercle est ainsi ouvert avec autorité. Pris d'une confiance subite, je chiffonne mon bout de Sopalin, puis arme subitement un tir en direction de la poubelle, située (pourtant) à plusieurs mètres de là. Le projectile tournicote dans l'air, avant d'atterrir chirurgicalement à l'intérieur de la cible. Un sourire carnassier vient s'inviter sur mon visage ainsi qu'une évidence : rien ne me résistera aujourd'hui.

La suite de la matinée me permet de peaufiner ma préparation, via un match de double sur Youtube. Roger Federer est choisi en raison de nos multiples points communs, enfin surtout le prénom. Puis, au moment de sélectionner un extrait, un titre attire subitement mon attention : *Le jour où Federer et sa future femme ont joué ensemble leur double (début d'une grande histoire d'amour).* Ni une, ni deux, la vidéo est dévorée, non seulement pour prendre de nouvelles infos sur le jeu en double mais également pour observer leur complicité sur le court et imaginer que cette idylle naissante puisse un jour être la nôtre. Bref, un visionnage inspirant.

Quelques instants plus tard, me voilà muni d'un fer à repasser, preuve ultime de mon implication – celui-ci n'ayant plus été utilisé depuis l'extinction des dinosaures. Chaque pli de ma panoplie tennistique, lavée la veille, est ainsi chassé jusqu'au moment où un SMS arrive.

Ma mère.

Bonne chance, Chaton, pour le tournoi.

Et n'oublie pas d'être concentré sur le moment présent.

C'est très important, ça !

La victoire sera alors peut-être au bout, comme moi à Rouperroux-le-Coquet.

Plein de poutous.

Ta maman.

Je lève les yeux au ciel. Décidément, on ne la changera jamais...

Le temps d'après est consacré à la préparation de mon sac, entremêlée de quelques happy ends rêvassés par-ci, par-là sur le dénouement du tournoi et de notre relation. Puis vient l'heure du déjeuner. Une recherche rapide sur Google, la veille, m'a déjà permis d'avoir les bonnes infos nutritionnelles. À savoir : un bon vieux poulet-pâtes, au moins deux heures avant la compétition, ce qui est fait et ingurgité à midi pétantes. Une petite position horizontale ensuite sur le canapé et nous voilà sur les coups de treize heures. Le moment idéal pour partir tranquillement vers le club, et mon destin.

CHAPITRE 34

Le bar-restaurant est atteint avant l'horaire officiel. Je scrute discrètement les lieux pour apercevoir Élisa mais a priori elle n'est pas encore arrivée.

Ah si, là-bas, tout au fond, c'est elle en train de discuter gaillardement avec... Raphaël. Même si leurs échanges de la veille m'ont rassuré, ma jalousie – appelons-là comme ça – se repointe aussitôt, ainsi qu'une propension spontanée à maudire ce beau gosse.

Quelques minutes plus tard, Nick arrive dans la salle et donne la constitution des duos, les matchs et les horaires. Je guette discrètement la réaction d'Elisa. Elle semble très amusée par ces annonces. Est-ce le fait de se retrouver avec moi ? Est-ce le fait d'affronter le boulet et Claudine ? Ou un peu des deux ?

Soudain, elle m'aperçoit et vient dans ma direction.

– C'est amusant, on en parlait hier, amorce-t-elle, tout sourire, et finalement le pire scénario est arrivé : vous faites équipe avec moi.

(Décidément, elle est bourrée d'humour.)

– Je ne sais pas qui est le plus à plaindre, répliqué-je, amusé, car franchement, ne vous attendez pas à des miracles avec moi.

– Pas de soucis, je n'en attends aucun.

(Euh, c'est encore de l'humour, ça ?)

Nick vient alors nous interrompre, accompagné de Raphaël et Claudine. Je le salue chaleureusement tandis qu'un simple hochement de tête est fait au duo, en guise de bienvenue. On ne pactise jamais avec l'ennemi.

– Vous commencerez à jouer sur le court 2 dans dix minutes, nous annonce-t-il. Au meilleur des trois sets avec tie-break dans chaque manche. Bonne chance à tous et que les meilleurs gagnent !

Les filles se dirigent alors vers le terrain pendant que je prends la direction des vestiaires, suivi de loin par Raphaël qui revient sur mes talons, puis presse soudainement le pas derrière moi.

Mais qu'est-ce qu'il fait ?

Son petit manège est alors vite décodé : me doubler dans la ligne droite pour afficher sa supériorité et prendre un ascendant mental avant le match. Croit-il vraiment que sa tentative de déstabilisation psychologique peut marcher ? C'est ce qu'on va voir.

Plus que quinze mètres avant de prendre le virage menant aux vestiaires. Celui qui l'atteindra en premier ne pourra plus être dépassé. J'accélère d'un coup le pas, puis me met à trottiner en fin de parcours, pour éviter un ultime rush de sa part. Le virage est ainsi atteint en premier. Un regard victorieux est jeté dans sa direction. Le boulet est largué, plusieurs mètres derrière moi, mais semble complètement indifférent à ma prise de pouvoir psychologique.

Peut-être ne souhaite-t-il pas montrer son désarroi ?

À moins que...

Bon, peu importe. Dans le doute, il ne fallait prendre aucun risque et marquer son territoire. Une fois arrivés au vestiaire, nous enlevons chacun notre survêt. Lui, plein d'assurance et moi, un peu stressé. Dans la foulée, le chemin du court est pris, l'un à côté de l'autre, dans un silence commun. La concentration s'est invitée chez moi ainsi qu'une petite boule au ventre avant ce match si fort en enjeux, sportifs comme affectifs.

CHAPITRE 35

L'échauffement démarre. Raphaël me donne la réplique, précis et appliqué, tandis que sur l'autre moitié du court, Élisa tape la balle avec Claudine. Puis nous démarrons ~~ce combat à la vie, à la mort~~ le match. Nos adversaires servent en premier.

– Vous préférez être où pour retourner ? me demande la Belle.

(Dans vos bras.)

– Peu importe, je n'ai pas de préférence, répliqué-je.

– Parfait, je me mets à droite alors.

Et ça démarre. Superbe service de Raphaël ; Élisa le retourne avec fermeté.

Un long échange en diagonale s'installe entre eux, conclu (malheureusement) par le boulet.

Point suivant : je me place au retour. Nouvel engagement solide de sa part, à peine effleuré par ma raquette (30/0). Bon, c'est ce qu'on appelle un départ poussif...

Heureusement, le point d'après est gagné par ma (divine) partenaire mais une nouvelle première balle du boulet me fait retourner piteusement dans le filet (40/15).

L'instant d'après, la Belle se démène et ramène le score à 40/30. Elle m'encourage illico : « Allez Roger, le point suivant est pour nous ! »

C'est le moment idéal pour lui montrer mes aptitudes.

Le premier service de Raphaël atterrit dans le filet, léger signe de frustration de sa part. Si ça se trouve, le mec est tendu par l'enjeu. Je me rapproche du carré, histoire de lui mettre un petit coup de pression. Raphaël me délivre une seconde balle très courte. Je m'approche avec autorité de la balle, puis lui balance une violente gifle, inarrêtable pour les mortels, qui file à la vitesse de la lumière et atterrit directement dans le... grillage.

Regard circonspect du trio et premier jeu remporté par nos adversaires.

– Ce n'est pas grave, me dit la Belle à mi-chemin entre auto-persuasion et compassion.

Mais les jeux suivants ne sont guère mieux. Élisa et Raphaël gagnent tranquillement leurs engagements pendant que Claudine et moi demeurons aussi inoffensifs qu'un poussin décédé sur les nôtres. Quarante minutes plus tard, le score est de six jeux partout. Mes seuls points marqués proviennent de deux doubles fautes et trois retours manqués de Claudine. Bref, mon match est un hymne à l'inutilité et à la fébrilité, encore plus lorsque de nombreux adhérents, alertés par notre imminent tie-break, débarquent autour du court. La pression monte (encore) d'un étage. Les cinq premiers points du tie-break sont alors un vrai festival de ma part : coup droit boisé atterrissant près du département voisin, volée facile hors terrain, interception au filet bien foirée, retour raté sur service (faiblard) de Claudine et tentative de lob au niveau des sourcils de

Raphaël. Un vrai carnage, 5/0 pour eux et un fil rouge à tous leurs points gagnés : moi.

La honte me guette.

– Allez, Roger, on s'accroche, ce n'est pas terminé ! m'encourage Élisa sur un ton de moins en moins empathique.

Je lui souris avec difficulté, puis vais ramasser deux balles pour servir en essayant de chasser mon abattement. Il faut à tout prix réagir, me raccrocher à quelque chose de positif, sous peine de sombrer définitivement.

– Il est nul le monsieur, hein maman ? lance une petite voix derrière moi.

Je me retourne aussitôt. Un gamin, haut comme trois pommes, me dévisage derrière le grillage. Sa mère, le voyant démasqué, rougit d'un coup.

– Hein qu'il est nul le monsieur ?! insiste le démon.

– Excusez-le, intervient la maman toute gênée, il dirait n'importe quoi pour se faire remarquer.

– Oh, ce n'est pas bien grave, dis-je, le sourire figé, c'est juste une blague de petit ~~con~~ chenapan.

La colère s'est emparée de moi. Mélangée au stress et à la fébrilité, elle donne une horrible double faute (6/0) qui fait lever les yeux au ciel à Élisa. Furtivement, certes, mais suffisamment pour que cela ne m'échappe pas.

#Seumtotal

Six balles de set. Perdu pour perdu, je donne tout sur

le service suivant et celui-ci, retourné haut, permet à Élisa de sauver l'honneur (6/1).

À Raphaël maintenant de servir. Mon retour reste cette fois-ci dans le terrain. Le boulet accélère dans ma direction une fois, deux fois, trois fois. Rien n'y fait.

Je résiste, sans faire de faute jusqu'à ce que sa balle soit trop courte. Aussitôt, un coup droit croisé jaillit de ma raquette, touche la ligne et fait le point.

Le temps se suspend durant quelques instants, avant qu'une salve d'applaudissements vienne des quatre coins du court. Une salve spontanée, nourrie, énergisante, voire même gênante, comme si chacun avait assisté de manière privilégiée à un miracle, comme si ces acclamations intempestives signifiaient : « Mais oui, il sait mettre une balle au-dessus du filet ! Mais oui, il peut marquer des points comme les autres ! Applaudissons-le chaleureusement pour lui montrer qu'il est normal ! »

Élisa est tout sourire également, toute surprise, aurai-je envie de dire. Même mes adversaires semblent sincèrement ravis pour moi. Raphaël vient me féliciter spontanément et Claudine me tend un pouce vers le haut, en faisant une moue admirative. Bref, tout le monde en fait des tonnes. À ce rythme-là, ma gêne va se transformer en vexation…

La partie reprend.

Ce point gagnant m'a quand même bien reboosté, et pas seulement moi. Dans la foulée, Élisa fait un bon retour poussant à la faute Raphaël (6/3), suivi par deux superbes services de sa part. L'un gagnant (6/4) et l'autre converti par une volée gagnante de Bibi (6/5).

#Remontada

À Claudine de servir. Autant dire que tout est redevenu possible pour nous, et nos adversaires l'ont compris. Leurs visages soucieux peuvent en témoigner. Malgré la pression, Claudine trouve quand même le moyen de sortir un service bien placé. Ma vigilance et un peu plus de confiance me permettent de le retourner, mais le boulet intercepte ma frappe et glisse une diabolique volée amortie. Mes jambes me portent vers le filet dans une sorte de course désespérée. Du bout de la raquette, la balle est remise dans leur camp et immédiatement transformée en lob par Raphaël, toujours de mon côté. Élisa ne peut y aller. À bout de souffle, j'effectue un nouveau sprint vers la balle et arrive – je ne sais comment –, dos au filet, à effectuer un lob de défense, que dis-je, un époustouflant lob de défense, inatteignable pour le duo adverse. Claudine recule, tant bien que mal, vers sa ligne du fond, puis remet une chandelle hyper courte. Je hurle un tonitruant *Laiiiiiiiiisse !* à Élisa, m'avance vers cette offrande et balance un fracassant smash dans le... filet.

(...)

Consternation générale, autour du grillage et sur les traits de ma partenaire.

Seuls nos adversaires, surpris et arborant maintenant un sourire radieux, semblent valider mon immense ~~bourde~~ bouse. La manche se termine ainsi.

Pathétiquement.

– T'as vu, maman, le monsieur, il est redevenu nul ! balance alors une petite voix, clairement identifiable.

Je me retourne avec animosité vers le mouflet. Sa mère s'en aperçoit et le gronde sur-le-champ. Le démon pleure ; ce sera ma seule satisfaction du set.

CHAPITRE 36

Pendant le changement de côté, Élisa, après un instant de silence, essaie de me remobiliser.

– Allez, Roger, il faut oublier ce dernier point et retenir surtout notre façon de jouer à la fin du tie-break. Si l'on poursuit comme ça, on a toutes les chances de retourner la situation.

Elle est vraiment incroyable... même si son intonation agacée ne trompe pas sur sa réelle frustration. Néanmoins, cela me remet dans le match. Pas le choix, de toute façon. Il me reste un set – deux, j'espère – pour l'impressionner, ou au moins lui faire oublier ma prestation cata.

Et j'y arrive !

Pas suffisamment pour rivaliser dans le jeu avec Raphaël, mais assez pour faire ressentir à la Belle qu'elle est maintenant épaulée. Mon niveau rejoint ENFIN celui de mes derniers entraînements. Nick, sur place depuis le début du second set, me fait un signe de tête approbateur. Heureusement qu'il n'était pas là au démarrage...

Les jeux défilent ainsi, de part et d'autre, sans qu'aucune équipe n'arrive à se détacher au score. Le scénario reste le même : Raphaël et Élisa remportent leur service pendant que Claudine et moi – malgré des jeux plus accrochés sur mon engagement – le perdons. Mais mon niveau de jeu est bel et bien présent, me permettant de rafler des points précieux par-ci, par-là. Ce n'est plus moi le maillon faible sur le court mais Claudine. Autant dire que si nous remportons cette manche, tous les espoirs sont permis pour la suite. Et justement, un nouveau tie-break se prépare, suivi par encore plus de monde que tout à l'heure.

Ma peur de mal faire rejaillit aussitôt. Je m'isole près du grillage pour chasser les mauvaises pensées du tie-break précédent. Les paroles de ma mère me reviennent : *Tout ce qui s'est passé avant ou se passera après n'a pas d'importance. Il faut être uniquement concentré sur le moment présent.*

Une grande inspiration est prise pour essayer de se concentrer et éliminer ce stress. Le match se poursuit avec un excellent service de la Belle, retourné – avec tout mon consentement – dans le filet par Raphaël (1/0).

Dans la foulée, le bellâtre sert une première balle faute, suivie d'une seconde très moyenne, mais ma fébrilité m'empêche d'en profiter. Mon retour atterrit directement hors des limites du terrain.

– Oh, Roger... faut le cadrer, quand même, ce genre de retour ! s'impatiente la Belle.

Je m'excuse, accablé par cette offrande, avant d'aller piteusement me replacer.

Imperturbable, le boulet enchaîne par un service-volée irrattrapable pour Élisa (2/1 pour eux).

À mon tour de servir avec ce stress toujours chevillé au corps qui, ajouté à la frustration croissante d'Élisa, me paralyse de plus en plus. Je retourne du côté grillage pour relâcher la pression. Un autre conseil maternel me revient, pas le plus fun, ni celui semblant le plus pertinent, mais à ce stade-là du match, il ne faut plus rien négliger. À l'abri des oreilles indiscrètes, je me mets alors dos au filet. Trois, deux, un... c'est parti. Sans tambour, ni trompette, le générique des *Chiffres et des Lettres* est fredonné, histoire de voir si ça peut marcher ou, au moins, m'enlever un peu de tension.

– Euh... ça va, Roger ?! me fait sursauter une voix féminine.

Élisa se tient juste derrière moi et me dévisage, incrédule. Cela a le mérite de mettre fin à ma version a cappella, mais pas à son regard décontenancé.

– Oui, oui, ça va, bafouillé-je, j'essayais juste de... de trouver un peu de concentration.

– Ça a le mérite de sortir des sentiers battus... ça, on ne peut pas vous l'enlever, dit-elle, finalement amusée.

Puis elle part prendre sa place au filet, pendant que je me prépare à servir. L'hommage musical à Patrice Laffont a été peu utile, mais le minois de nouveau souriant de la Belle, si. Cela a un peu diminué ma tension. Hors de question de la décevoir à nouveau !

Claudine m'encourage également à me détendre en expédiant dehors ma première balle pourtant peu appuyée (2/2). Si elle persévère, je m'engage – pour la remercier – à mater un diaporama en boucle de sa petite-fille.

Son partenaire n'a malheureusement pas la même

complaisance. Malgré un service supersonique de ma part, le boulet m'expédie un retour hallucinant qui laisse tout le monde pantois (3/2 pour eux).

Au tour de Claudine. Le visage tendu, elle sert une toute petite balle sur mon coup droit, aussitôt punie par un retour agressif, puis une volée tranchante. Je brandis le poing, sous les encouragements de la Belle (3/3).

L'instant d'après, Élisa pousse Claudine à la faute, sur une balle profonde, puis enchaîne par un service gagnant contre la même victime (5/3 pour nous).

Plus que deux points.

Mais Raphaël, de plus en plus survolté, fait revenir son équipe à 5/4 sur un smash à bout portant, pas loin de me décapiter.

– Excuse-moi, dit-il aussitôt, sans en penser un traître mot.

– Pas de soucis, répliqué-je, en le maudissant comme jamais.

Deux services à venir pour lui maintenant. Autant dire que ça ne sent pas bon pour nous. Je me place au retour. Il arme alors un gros service extérieur. Pris par le rebond, mon revers est malencontreusement frappé avec la tranche de la raquette. Au lieu de la trajectoire croisée voulue, la balle file à toute allure dans la direction opposée. Surprise, Claudine n'a pas le temps d'esquiver le moindre geste et mon retour atterrit miraculeusement à l'intérieur du terrain. Coup de bol magistral et deux balles de set pour nous (6/4).

J'exulte bruyamment, en serrant le poing. Même Élisa vient me taper spontanément dans la main pour me féliciter.

– Waouh, Roger, quel retour !

– Oui, j'ai vu Claudine anticiper, m'enflammé-je, et j'ai tout de suite changé de direction.

#TeamPinocchio

– Superbe inspiration. Bravo !

– Merci.

Je prends un air (faussement) modeste, puis me replace au filet. Si nous bouclons le set, ce coup-là lui aura fait oublier tout ce qui s'est passé avant.

Un silence de cathédrale règne maintenant autour du court.

Raphaël fait rebondir la balle plusieurs fois, puis sort un enchaînement de la mort. Service pleine ligne, suivi d'une diabolique amortie qu'Élisa remet du bout de la raquette. Sans pitié, le boulet l'allume sur une frappe à bout portant. Elle esquive de peu le missile en laissant échapper un cri apeuré, aussitôt couvert par le hurlement de joie du bellâtre, au moment où sa balle retombe bonne (6-5). Plus de peur que de mal pour la Belle, mais celle-ci ne masque pas sa colère devant un Raphaël penaud.

– Mais fais attention !! s'emporte-t-elle, j'étais à deux doigts de me prendre la balle !

– J'suis vraiment désolé... s'excuse platement la

brute, c'était dans le feu de l'action, j'ai pas réfléchi... t'es sûr que ça va ?!

– Mouais... allez, reprenons la partie, lui répond-elle avec un rapide haussement d'épaule.

– Vous êtes sûr que ça va ?! lui demandé-je pour confirmation.

– Oui, Roger. Allez, allez ! on se reconcentre, on reprend et on conclut, me dit-elle sur un ton où motivation et colère froide se rejoignent.

La tension est maintenant montée d'un (gros) cran.

Deuxième balle de set.

Me voilà au service avec Claudine, en victime espérée. Depuis le début du tie-break, elle n'a pas retourné une seule fois dans le terrain. C'est le moment ou jamais pour conclure. Nick, sur le côté, m'encourage discrètement ; Élisa également. Je prends une grande inspiration. Ma balle s'élève majestueusement dans les airs, puis est propulsée dans le carré de service adverse. En catastrophe, Claudine met sa raquette en opposition. Sa remise hasardeuse retombe, courte et molle, de mon côté. À toute vitesse, je fonce vers la balle, prêt à offrir un troisième set à la Belle. Mais dans la précipitation, mon pied gauche vient inexplicablement buter contre mon talon droit, me déséquilibrant en pleine course et m'envoyant valdinguer au sol, de tout mon long.

CHAPITRE 37

La tête plongée dans la terre battue, je réalise l'immensité du désastre.

Une chute grotesque, une position actuelle ridicule et un point crucial foiré.

Que faire pour garder la face ?

Me relever tranquillement en époussetant délicatement cette salissante terre ocre collée à ma tenue. Puis revenir, avec un flegme absolu, sur la ligne de fond et servir, comme si de rien n'était.

Pas bête... mais mon nez en sang et mes genoux explosés risquent de révéler la supercherie et d'amuser encore plus cette quinzaine de personnes ayant assisté à mon humiliation.

Alors, peut-être bien rester à terre en grimaçant de douleur.

Style un soudain claquage m'ayant foudroyé en pleine course alors qu'un statut de héros du match me tendait les bras. Le héros frappé en pleine gloire, c'est pas mal, ça... ou comment la fatalité et la cruelle loterie de la vie s'abattent implacablement sur un homme. Un homme simple, certes, mais un homme vrai, sincère, authentique, ayant laissé toutes ses tripes sur le terrain.

Oui... mais ça va m'obliger à abandonner alors que nous sommes encore à deux points du set. Et à l'inverse, si je reprends la partie, cela peut (un brin) surprendre de voir un mec, à deux doigts de l'amputation, courir à nouveau comme un lapin.

Et si je me relevais d'un coup ?

En fronçant les sourcils et en examinant minutieusement toutes les parties du terrain. À mi-chemin entre colère et stupéfaction. Comme pour crier à la face du monde : *Mais diantre, que s'est-il passé ? Qu'est-ce ce qui m'a fait perdre l'équilibre ? Comment diable ai-je pu tomber ?!*

Oui, c'est ça... s'interroger, s'émouvoir, se révolter contre cet obstacle invisible tout en exhibant le sang coulant de mon nez. Tel un guerrier des temps modernes, tel un Bruce Willis combattant l'injustice et se relevant de tout. Un roseau qui plie mais ne rompt...

– Vous allez bien, Roger ? me souffle une voix soucieuse.

Je me remets péniblement debout, puis fait un lent hochement de tête à Élisa.

– Venez vous asseoir, poursuit-elle, on va nettoyer tout ça.

Une fois arrivé sur le banc, elle me tend plusieurs mouchoirs et m'enlève un peu de terre sur mon polo et short.

– Mais qu'est-ce qui vous est arrivé ?! me demande-t-elle, entourée par nos deux adversaires et Nick, venus à la rescousse.

La version avec Bruce Willis me semble pas mal comme point de départ.

– En fait, démarré-je, impossible de savoir ce qui s'est pa...

– Il s'est emmêlé les jambes dans sa course, coupe d'un coup Raphaël, et ça l'a fait chuter. L'accident bête, quoi...

(Merci Judas !)

Je rougis aussitôt en bafouillant un truc du style « je sais pas trop si c'est ça », mais Claudine m'interrompt pour me demander si mon état physique me permet de reprendre le match. Tout en essuyant une goutte de sang rebelle, je me lève (courageusement) du banc, puis claironne, haut et fort : « Bien sûr ! ce n'est sûrement pas ça qui va m'arrêter. »

Le chemin du court est repris.

Tant bien que mal, avec un corps en charpie mais cette douleur a fait disparaître toutes mes peurs et tensions.

#JeSuisBruceWillis

Deux balles, destinées au service, sont ramassées. L'une atterrit dans ma poche, l'autre dans ma main. Raphaël est au retour. Mon adversaire, mon rival, ma cible à abattre, celui qui a mis en danger ma promise sur ce tir mesquin et irresponsable. Ma concentration et ma détermination n'ont jamais été aussi intenses. Toute mon énergie est focalisée sur le moment présent, sur ce service qui doit faire mal, qui doit être fatal. Là, maintenant, tout de suite.

Mon lancer s'élève prestement au-dessus de ma

tête, puis la balle est catapultée vers l'autre côté du filet. Celle-ci fend l'air avec une trajectoire rectiligne, une vitesse fulgurante et vient percuter de plein fouet la... cuisse d'Élisa.

Un bruit sourd résonne, puis un cri de douleur ou de surprise. Je ne sais pas, je ne sais plus, je ne veux pas savoir. La Belle s'agenouille, les traits grimaçants, en se tenant le derrière de la cuisse. Je m'approche gauchement d'elle, ne sachant ni quoi dire, ni quoi faire, tout l'inverse de Raphaël qui enjambe spontanément le filet et vient se mettre à côté d'elle.

– Ça va, Élisa ?!

Elle fait un bref hochement de tête tout en se frictionnant longuement la partie touchée.

– Je suis vraiment désolé, dis-je tout penaud en me rapprochant d'elle, ce n'est vraiment pas ce que je voulais faire.

– J'espère bien... me répond-elle, froidement.

Sans un seul regard pour moi, elle se relève difficilement en refusant l'aide de Raphaël, puis se replace tant bien que mal sur le court en tirant la jambe. Mon corps et mon esprit sont totalement en PLS.

Nos adversaires nous redonnent deux balles au service.

Tétanisé à l'idée de percuter à nouveau la Belle, mon engagement est d'une timidité sans nom. Une aubaine pour Raphaël qui effectue un retour-volée agressif et assiste à ma réplique désespérée dans le bas du filet (6-7).

Balle de match pour eux et aucune réaction d'Élisa.

Son enthousiasme et sa combativité ont disparu et la responsabilité m'en incombe. Ça me porte un coup au moral, tout autant que cet affligeant scénario de match.

Me voici maintenant au retour.

Claudine délivre un service long, à défaut d'être rapide, renvoyé de ma part, croisé, mais bien trop lent pour empêcher Raphaël d'aller cueillir la balle et de nous ajuster d'une volée gagnante, implacable. Les deux laissent échapper un cri de joie, puis se congratulent aussitôt, avant de venir nous serrer la main.

#GameOver

CHAPITRE 38

Sans un mot, Élisa et moi rejoignons le banc. Je réfléchis à une phrase réconfortante pour briser le silence.

– Franchement, c'est pas mérité.

(Oui, je sais. Il y a mieux...)

Elle acquiesce mécaniquement.

– Et votre cuisse, ça va mieux ?

– Disons que je l'ai senti passer *(ton dépité)*... Au final, ça sera un bon hématome.

– Je suis vraiment désolé, m'excusé-je une nouvelle fois. Entre votre cuisse, ma chute et mon niveau de jeu, on ne peut pas dire que j'ai été un partenaire performant.

– Oui, c'est sûr... mais imprévisible, ça, on ne peut pas vous l'enlever... pour nos adversaires comme pour moi.

Un (très) léger sourire vient accompagner sa dernière phrase. J'essaie aussitôt de rebondir dessus.

– Il paraît qu'on apprend toujours de ses erreurs ; avec tout ce que j'ai appris aujourd'hui, je vais bientôt pouvoir organiser une conférence.

Mission réussie ; son sourire s'élargit un peu plus, mais comme d'habitude, le boulet a le chic pour débarquer au mauvais moment.

– Allons payer un coup aux perdants, nous interrompt-il, accompagné de Claudine, cette belle coutume doit être respectée.

– Je ne sais pas, commence Élisa, je suis un peu...

– Tut-tut-tut, poursuit le bellâtre, il n'y a pas d'autre choix possible ! Mais en attendant, viens avec moi au bureau, on va te trouver de l'arnica pour ta cuisse.

– Je vous suis également, intervient Claudine, il faut que je prenne quelques papiers là-bas.

Et voilà comment se retrouver seul en deux temps, trois mouvements. Très certainement ma récompense pour cette prestation si aboutie...

Rendez-vous m'est donné au bar dans une dizaine de minutes. Je m'y rends, à pas comptés, tout en allumant mon portable. Deux SMS me sont signalés. L'un de ma mère : « Ça a donné quoi ?! Dès que c'est fini, donne-moi vite le résultat, mon chéri ! » Et l'autre de Norbert : « Alors, ma petite couille, on a réussi à envoûter la Belle au bois dormant ? », suivi d'un smiley riant aux larmes.

Je soupire et repousse les réponses à plus tard. L'adrénaline du match est maintenant retombée, une immense déception a pris le relais, sans oublier le nez et mes genoux, toujours en souffrance. L'objectif n'a pas été atteint, loin de là, d'ailleurs. Défaite d'entrée et démo à la Pierre Richard plutôt qu'à la Federer.

Bref...

Au même moment, Nick entre au bar. Il me délivre une moue grimaçante.

– Alors, pas trop déçu, Roger ?

Je m'anime aussitôt, encore marqué par le scénario.

– Bien sûr que si ! J'avais vraiment l'impression que si l'on remportait ce tie-break, on gagnait ce match. Mais bon, y a eu...

– Y a eu des coups du sort, poursuit-il pudiquement.

– Voilà, c'est ça, marmonné-je en levant les yeux au ciel.

Le silence s'invite ensuite entre nous deux durant un long moment.

– Et maintenant, que comptes-tu faire avec Élisa ? reprend-il.

– Je ne sais pas.

– J'ai peut-être pensé à autre chose. Le week-end prochain, il y a un dîner avec une partie des dirigeants dont elle. Cela serait bien que tu...

– Non, Nick, le coupé-je aussitôt. On arrête ce type de plan *(pause)*. Tu m'as dit la dernière fois que c'est pendant l'orage qu'on connaît le pilote. Il est temps maintenant que je prenne les manettes, seul et sans copilote.

Il me délivre une tape amicale dans le dos.

– Tu prends ton destin en main, dit-il en souriant, c'est très bien comme ça. Continue à persévérer et je suis sûr que ça va matcher entre vous.

Je lui rends son sourire, puis sans s'en rendre compte, il enchaîne sur le débriefing du match, vraiment le cadet de mes soucis, mes pensées étant uniquement orientées sur Élisa et sur ce que je vais bien pouvoir faire maintenant.

Pas le temps de le lui faire remarquer ; la voici arrivant en compagnie des deux autres, avec un discret bandage à la cuisse.

Nous nous installons à une table, sans Nick reparti sur le tournoi. La conversation s'oriente sur notre match serré, le scénario du tie-break et mon enchaînement – pour reprendre les termes de Raphaël – de cascadeur de terre battue et dézingueur de partenaire. Ça fait sourire tout le monde. Enfin, presque tout le monde. Le sourire du mec ouvert et cool est arboré mais à l'intérieur, je suis vexé comme un pou. Fort heureusement, la discussion s'oriente sur la suite du tournoi et leurs futurs adversaires. Cela me permet de me sentir un peu plus à l'aise, ou un peu moins con. Au choix.

Une demi-heure après, nous nous séparons.

Claudine et Raphaël partent taper quelques balles, avant leur prochain match, pendant qu'Élisa se dirige vers la sortie du club. Spontanément, j'emprunte la même direction, juste derrière elle. Elle s'en aperçoit assez rapidement et s'arrête.

– Vous partez également ?

– Oui, lui confirmé-je, je rentre chez moi.

– Je vous comprends, dit-elle, l'air malicieux. Aller encourager Claudine et Raphaël alors qu'ils nous ont éliminés, et qu'en plus Raphaël a failli, lui aussi, m'envoyer aux urgences, très peu pour moi.

Un sourire mi-gêné, mi-amusé lui est renvoyé. Dans la foulée, elle me salue, puis part vers sa voiture, me laissant seul et désœuvré.

Une nouvelle fois.

Sans réfléchir, je l'appelle.

– Élisa !

– Oui, dit-elle, en se retournant, surprise.

Une foule de déclarations, aussi intenses qu'enflammées, me viennent à l'esprit.

Mais aucune n'arrive à sortir de ma bouche.

– Oui, Roger ? répète-t-elle.

Je prends une grande inspiration. Les images de Federer, en osmose avec sa bien-aimée sur le court, me reviennent en mémoire. Cela me donne une dose supplémentaire de courage, ou d'inconscience.

– Élisa, êtes-vous disponible pour dîner avec moi, ce soir ?

CHAPITRE 39

Mon cœur tambourine comme jamais, mes mains sont d'une moiteur sans précédent. Élisa ne dit rien, me fixe avec un sourire interdit, voire énigmatique.

Impossible de savoir si cela signifie *Oh Roger... depuis le temps que j'attendais ça, mes vœux sont enfin exaucés !* ou *Au secours ! plutôt me farcir le speech de Marc sur El Loco que dîner avec vous !*

Le silence règne maintenant depuis quelques secondes, mais cela me semble une éternité.

– Écoutez...

(Elle commence à broder, c'est mort.)

– C'est...

(Mon cœur va se briser en mille morceaux.)

– ... avec plaisir.

(...)

– Où voulez-vous qu'on se retrouve ?

Je suis sous le choc. Elle vient de répondre favorablement à mon invitation, à mon officieuse demande de rencard. C'est inouï, génial, dingue, fabuleux, extraordinaire.

♫ Destinée,

On était tous les deux destinés,

À voir nos chemins se rencontrer,

À s'aimer sans demander pourquoi,

Toi et m... ♪♪

– Euh... Roger, alors pour ce soir ?

– Oui, pardon, bredouillé-je, retrouvons-nous au restaurant du club, vers dix-neuf heures trente, par exemple. Cela vous va ?

– Peut-être un peu plus tard car mon ex-mari vient chercher Ulysse à cette heure-là.

– Vingt heures, alors. Cela vous va ?

– C'est parfait pour moi... à condition que vous n'effectuiez aucune attaque sur ma personne pendant le repas.

Je pars d'un rire ~~un peu~~ beaucoup (trop) accentué par mon émotion actuelle, puis nous nous éloignons, chacun de notre côté. Fierté et félicité viennent me tenir compagnie. Le retour est fait à pied pour savourer ce moment, même si mon corps est en lambeaux.

#LaVieEstBelle

Mon âme de poète – ou ce qu'il en reste – en profite pour se réveiller et déclamer avec enthousiasme son bonheur.

« Sous le ciel azur, je marche avec éclat,

Vivant, vibrant au rythme de chaque pas,

Le soleil réchauffe, éclaire le chemin,

Révélant la beauté de ce monde dans chaque coin,

Ne manque plus qu'elle, la muse, l'âme de mon poème,

À qui mon cœur va déclarer sa flamme éternelle »

Bref, pour résumer, je kiffe ma life.

Quelques instants plus tard, me voici devant mon immeuble avec quelques petites heures devant moi, avant ce tête-à-tête avec la Belle. Juste elle et moi (oui, je ne me lasse pas de le répéter), mais en attendant, il faut expédier les affaires courantes. Mon portable est empoigné pour répondre aux messages précédents. À ma mère, tout d'abord : « Match très serré mais malheureusement perdu. Je t'appelle demain. » Tandis qu'un peu plus de détails est relaté à Norbert : « On a perdu notre match. Mais j'ai rendez-vous avec elle, ce soir, pour dîner !!! Je te raconterai. »

Entretemps, un smiley triste m'a été retourné par ma génitrice. La connaissant, elle doit trépigner d'impatience pour en savoir plus, mais ce ne sera pas pour maintenant.

Allez, c'est le moment de faire ma Pretty Woman. Une longue douche pour apaiser et détendre mon corps, puis quelques gouttes d'Eau Sauvage de Dior, autour de mon cou. J'en profite pour me regarder : une allure plus dynamique, un teint hâlé et un visage plus serein. Franchement, cela faisait longtemps que mon reflet ne m'avait pas renvoyé quelque chose d'aussi positif.

Me voilà prêt pour aller choisir ma tenue. Mon portable vibre au même instant, un SMS de ce bon vieux Norbert : « Super, ce repas avec elle mais fais gaffe !

Un rencard, c'est comme une activité de jardinage : soit tu le termines par une pelle, soit par un râteau. » Et le tout conclu, cette fois, par trois smileys explosés de rire. Bref, mon pote dans toute sa finesse habituelle...

Un poil désabusé, je retourne vers ma chambre et ce choix cornélien de fringue : soit enfiler mon petit costume en lin pour mettre un zeste d'élégance, soit rester dans ma filière habituelle avec jean, tee-shirt et baskets blanches pour ne pas la tromper sur la marchandise.

Après réflexion, l'ensemble en lin n'est pas retenu. Peut-être le fait qu'il soit aussi moderne que la coupe de Mireille Mathieu... Je privilégie donc le Roger authentique avec une chemise blanche, en ajout, pour marquer le coup. Un essayage minutieux est fait devant la glace, cela semble faire l'affaire.

Plus qu'une heure maintenant avant de partir. Un timing parfait pour se mettre à l'horizontale et récupérer, mais, comme par hasard, le fixe se met à sonner. Un coup d'œil est jeté au numéro : ma mère. Que faire ? répondre à l'appel ou attendre que le répondeur se mette en route. Mon éducation, à base de culpabilité, me permet de vite trancher.

– Maman, dis-je en décrochant, je t'avais dit que j'appelais demain.

– Oui, Chaton, mais je voulais que tu m'en dises un peu plus, tu peux le comprendre, non ?

– *(Soupir)* Tu sais, il n'y a pas grand-chose à dire, vraiment pas, mais on en reparle demain, comme c'était prévu.

– Ah bon, réplique-t-elle sur un ton pincé, y a pas grand-chose à dire... même à propos de ton rendez-vous de ce soir ?!

CHAPITRE 40

Il me faut un court moment pour ravaler ma surprise et comprendre l'origine de la fuite.

– Mais, maman, t'es en couple avec Norbert ou quoi ?!

– Pas du tout, mon fils, répond-elle sérieusement, mais n'ayant eu aucune nouvelle de toi, je lui ai envoyé plusieurs SMS.

– Et... ?

– Et, poursuit-elle, il m'a finalement répondu que t'avais perdu ton match, ce que j'avais appris entre-temps, d'ailleurs.

– OK... Et donc ?

– Donc je lui ai demandé si tu n'étais pas trop déçu. Et en guise de quoi, il m'a envoyé un énigmatique : *A priori, pas tant que ça,* avec un smiley clin d'œil. T'imagine bien qu'après ce message, je ne pouvais que l'appeler.

– Pfff *(soupir d'agacement)*... Et laisse-moi deviner, il a bien évidemment tout déballé.

– En même temps, je suis ta mère, pas une inconnue. Il ne pouv...

– On appelle juste ça la vie privée, maman !

– Oh Chaton ! on ne va pas chipoter sur des détails.

(...)

– Bon, sinon, ce soir, pas de bêtises avec la demoiselle, enchaîne-t-elle avec aplomb. Tu mets ton beau costume, tu es poli, tu t'intéresses à elle, tu lui poses des questions, tu...

– MA-MAN !

– Oui, Chaton ?

– On va s'arrêter là ; c'est mieux comme ça, je pense... Je t'appelle demain, comme prévu.

– Bon, d'accord, dit-elle, déçue. Tu me raconteras ta soirée ?

– Non... enfin, je sais pas... on verra, quoi. À demain, maman.

– À demain, mon chéri.

Je raccroche, exaspéré.

« Dieu ne pouvait être partout, alors il a créé la mère. » Ce proverbe m'a toujours parlé et résume tellement bien notre relation. Inutile d'essayer de la changer, se mêler de ma vie restera toujours gravé dans sa chair.

J'en profite pour me rallonger et essayer de me détendre. Doublement, d'ailleurs, depuis cet appel. Mon corps est tellement épuisé que mes yeux se ferment aussitôt et m'entraînent au pays des songes, durant un temps insoupçonné, avant qu'un bruit provenant du dehors me réveille en sursaut.

Dix-neuf heures trente !

Plus qu'une demi-heure avant le rendez-vous. Vite, direction la salle de bains. Un coup de peigne, du déo et un petit brossage de dents, sans oublier la carte bleue et le portable.

Voilà, c'est parti. Coup de bol magistral - oui, ça m'arrive, parfois –, le bus arrive au même moment.

Quelques instants plus tard, le club est atteint, avec un peu d'avance, suffisamment pour me refaire une « petite beauté », avant de tomber nez à nez avec Élisa, littéralement à tomber. Une robe sobre et bien coupée épouse pudiquement ses formes, un chignon simple et décontracté souligne délicatement la finesse de son cou tandis que son maquillage naturel rehausse l'éclat de son regard et le rose délicat de ses lèvres. Bref, rien n'est superflu, tout respire la retenue et le bon goût.

Après l'avoir (timidement) salué, nous prenons la direction du restaurant, en silence, beaucoup trop en silence. Le stress s'est invité de mon côté - le manque d'habitude d'un rencard très certainement –, il va vite falloir détendre l'atmosphère.

Une fois arrivés, la Belle fait signe à un couple âgé, assis à une table.

- Venez, je vais vous présenter à notre plus ancien adhérent. C'est lui, là-bas, avec sa femme.

Elle se dirige aussitôt vers eux et se penche pour leur faire la bise.

- Voilà Roger, leur annonce-t-elle, un nouveau membre du club qui nous aide également au bureau.

Le vieil homme distingué se lève et me salue.

Puis je m'approche de son épouse.

– Je vous en prie, ne vous levez pas ! lui dis-je, galamment.

Son visage se crispe, ainsi que celui de son mari.

– Cela ne risque pas, me répond-elle en me montrant son fauteuil roulant.

Une énorme vague de honte m'envahit.

– Je... je suis confus, je n'avais pas fait attention à...

– Ce n'est pas grave, m'assure-t-elle d'un sourire poli.

Quelques instants plus tard, nous prenons congé d'eux. Encore tout à ma gêne, je bafouille à Élisa quelques excuses sur ma maladresse.

– Vous êtes décidément un sacré numéro, rigole-t-elle, mais ne vous inquiétez pas, ce n'est pas leur genre de se formaliser.

Cela a, au moins, le mérite de débloquer nos échanges, voire même de les rendre fluides. J'aurai, finalement, réussi à atteindre mon objectif : détendre l'atmosphère...

CHAPITRE 41

Les premiers instants de notre tête-à-tête se passent plutôt bien. La conversation s'est portée naturellement sur le tennis. Élisa me dévoile ses premiers pas sur un court, ce qui la passionne dans ce sport et les raisons pour lesquelles elle s'est impliquée au club. C'est littéralement fascinant, non pas ce qu'elle raconte, mais tout ce qui s'anime chez elle. Chaque expression sur son visage est une invitation au voyage. Ses yeux rieurs sont des joyaux incandescents, son nez, une sculpture divine, ses pommettes, des cimes joyeuses, ses lèvres, la douceur d'un lever de soleil. Le serveur interrompt subitement ma contemplation.

– Alors, vous avez fait votre choix ?

– Oui, ce sera tartare de saumon, salade pour moi, répliqué-je, désireux de montrer à la Belle que mon hygiène sportive m'accompagne partout, même en dehors du court.

– Et toi, Élisa ? lui demande-t-il.

– Comme d'habitude, Greg ! Un risotto crémeux au poulet et aux champignons, sans oublier le bol de parmesan qui va avec.

Bon... mon plat ultra-light n'est pas l'inspiration du siècle. Non seulement, elle semble n'en avoir rien à faire des calories, mais en plus, cela me prive d'une bonne vieille entrecôte-frites qui m'aurait bien calé, après les émotions du jour.

Sitôt le serveur reparti, notre conversation reprend autour du tennis. Malheureusement, le sujet commence un peu à se tarir et un léger blanc s'installe. Vite, changer de sujet mais parler de quoi ?

De l'actualité qui aura le don de nous rendre dépressifs, de ma mère, pour la faire fuir, de ma vie où il n'y a pas grand-chose à dire, de mes rares escapades à l'étranger qui lui rappelleront, en plus, l'épisode du DVD ou de la météo pour prouver définitivement mon impuissance à être inspiré.

Bref, ce serait mieux si c'était elle qui avait deux-trois choses à dire, mais si je passe mon temps à l'écouter, de quoi vais-je avoir l'air ?

Non, il faut à tout prix trouver des sujets intéressants, passionnants, en rafale pour faire le mec brillant, rebondissant d'idée en idée, un Serial Tchatcheur... sauf que rien ne vient, à part le serveur avec notre commande.

– Voilà vos plats. Avec la bonne dose de parmesan, comme tu me l'as demandé, dit-il, clin d'œil à l'appui, à la Belle.

Il dépose nos assiettes sur la table.

– Ah, par contre, ajoute-t-il à mon intention, j'ai oublié votre salade.

#Inspiration

– Faites attention, lui rétorqué-je, blagueur, les serveurs, pour moins que ça, on laitue.

Les deux me regardent, sans comprendre.

– Je disais, répété-je, en essayant de garder mon sourire de gros déconneur, qu'il faut faire attention car les serveurs qui oublient une salade, on laitue.

Ils continent de me fixer, déconcertés.

– On laitue, l-a-i-t-u-e, expliqué-je, (beaucoup) moins déconneur. La laitue et la salade.

– Ah... d'accord, disent-ils en chœur.

Un sourire collectif m'est adressé, cent pour cent politesse.

#FlopTotal

Puis le serveur part chercher ma salade.

Chacun de nous dévore ensuite son plat, enfin si l'on peut appeler ça dévorer quand, de mon côté, quatre malheureux bouts de saumon cohabitent avec quelques feuilles de salade sans saveur. Moins d'états d'âme du côté d'Élisa, accaparée par la consistance (et l'odeur alléchante) de son risotto.

Sitôt son plat fini, elle me demande les raisons de mon inscription au club.

Dommage, j'allais lui parler – après réflexion poussée – de mon attrait pour la musique des années quatre-vingt, de Thierry Hazard à Jean-Pierre Mader en passant par Jakie Quartz. Mais peut-être est-ce un mal pour un bien...

Quelques secondes de réflexion me sont nécessaires pour répondre à sa question.

Ne pouvant décemment lui révéler que son ravissant minois en était à l'origine, j'extrapole sur le fait de renouer avec le sport de ma jeunesse, retrouver une bonne condition physique et connaître de nouvelles... personnes intéressantes.

Ces derniers mots étant prononcés avec une infinie douceur et pas mal de timidité. Elle me sourit avec affection.

#Yes

Un court silence fait place, couvert comme par enchantement par une musique de fond, ou plutôt une chanson ne pouvant mieux tomber.

♫ Et je voudrais que ça dure longtemps,

User ma peau sur la tienne,

Un jour, j'oublierai tout jusqu'à mon nom, je saurai simplement,

Que t'es là, que t'es belle, que t'es mienne... ♪♪

Je regarde Élisa avec tendresse et intensité.

Droit dans les yeux.

Elle me fixe également.

Les paroles d'Amir continuent de défiler.

Toujours dans un silence réciproque.

♫ Je voudrais que ça dure cent ans,

Que jamais la raison n'atteigne,

Cet aveu, cette envie de rêver tous les deux, quand même,

Jusqu'à ce qu'un jour, nos deux yeux s'éteignent... ♪♪

– Eh bah, qu'est-ce que vous faites là, tous les deux ?! lance une voix, au loin, derrière moi.

La magie du moment se désintègre aussitôt. Le boulet, accompagné de son sac de tennis, marche d'un pas décidé dans notre direction, à la fois incrédule et perplexe.

– On se console de notre défaite tout en maudissant nos bourreaux, lui répond sur un ton léger Élisa.

– Ha, ha, ha. Et tu en as parfaitement le droit. J'aurais fait la même chose, surtout en ta compagnie, lui balance-t-il mielleusement.

Elle esquive un léger sourire.

– J'espère que je ne vous dérange pas, enchaîne-t-il en prenant une chaise et en s'installant à notre table.

Je le regarde sans rien dire, stupéfait par son sans-gêne notoire. Les mots me manquent... ce qui n'est, a priori, pas son cas.

– Figure-toi, poursuit-il, que nous nous sommes qualifiés pour la finale du tournoi.

– Ah... bravo ! le félicite-t-elle.

– Je dois souligner quand même que Claudine a été remarquable. Avec quelques encouragements bien dosés et plusieurs conseils tactiques, elle est arrivée à se surpasser tout au long de notre demi-finale.

Et le gars en fait des tonnes, tout en monopolisant la Belle, comme si j'étais devenu l'homme invisible.

– Au-delà du résultat, ce qui fait plaisir, c'est de voir quelqu'un progresser à vos côtés. Ça montre qu'une bonne guidance sur un court peut parfois suffire pour élever un duo. Enfin, parfois ça suffit, et d'autres fois, non *(il me regarde d'un air moqueur puis se tourne, hilare, vers Élisa)*, t'es bien placée pour le savoir, non ?

Il conclut sa pauvre vanne par un clin d'œil en ma direction.

– Je taquine, hein Roger, m'en veux pas !

Mon visage s'efforce de sourire, de ne pas montrer l'orage qui gronde en moi. La femme de ma vie, celle pour qui je me bats sans répit, celle que j'ai invitée au mépris de ma timidité est monopolisée par son hymne à sa gueule. Je suis réduit au rôle de spectateur alors que ce dîner devait me mettre au centre de son attention.

– Bon, en tout cas, on est ravis d'être en finale. Je pensais vraiment pas aller aussi loin dans ce tournoi, je me suis peut-être sous-estimé...

Élisa hoche la tête, stoïque. Une colère sourde grandit en moi. Pourquoi s'accapare-t-il ce moment censé être à nous deux ? Pourquoi je le laisse s'imposer sans rien faire ?

– En finale, on jouera Serge et Barbara, continue-t-il, inarrêtable. Difficile mais jouable. Rappelle-toi, l'année dernière, j'avais joué Serge en simple, au tournoi interne. Un excellent joueur redouté par tous. J'avais gagné 6-2 6-2 mais il avait fallu que je m'emploie... Bref, si je briefe bien Claudine, on a toutes nos chances *(petite pause)*. D'ailleurs, si tu le souhaites, viens m'encourager, ça me fera super plaisir, la finale est à neuf heures. *(Il se tourne vers moi.)* Bon Roger, je te le propose pas, tu as sûrement autre chose de programmé.

Mes poings se crispent, chaque muscle de mon corps est tendu. Non seulement, il fout la soirée en l'air mais en plus, il la drague ouvertement sous mon nez.

– Peut-être, poursuit-il, clin d'œil à l'appui, peut-être d'ailleurs as-tu prévu de relire attentivement ton bouquin *Le Tennis pour les nuls* ?

Mes digues cèdent, toutes, d'un coup.

– Et pourquoi pas ?! démarré-je au quart de tour. C'est un excellent livre. Je te le prêterai, d'ailleurs. Tu verras, y a un chapitre sur l'humilité, je suis sûr que t'apprendras plein de choses intéressantes !

Un blanc s'installe aussitôt, mais je m'en fous totalement.

– D'ailleurs, enchaîné-je, remonté à bloc, un expert comme toi devrait vite rentrer chez lui pour récupérer de ses efforts et prendre soin de son talent. En plus, ça t'aiderait à avoir les idées claires pour continuer à éclairer de ton génie Claudine et la guider sur le chemin du succès !

Waouh, c'est sorti d'un coup, en rafale et sans filtre. Raphaël a la tête du boxeur sonné, Élisa est interloquée et moi, eh bien moi, je me sens libéré d'un gros poids. Ça fait un bien fou de dire ses quatre vérités à un gros blaireau. Mais quelles vont en être les conséquences ? Pas le temps d'approfondir le sujet, le boulet se lève, d'un coup.

– Bon, c'est mieux que je parte d'ici, vu l'ambiance... dit-il, droit comme un I. Bonne soirée, Élisa, ou plutôt bon courage pour ta soirée !

Il s'éloigne aussitôt, le regard plein de mépris en ma direction.

Bon débarras.

Élisa me dévisage, longuement, en silence. Impossible de savoir ce qui lui trotte dans la tête.

– Vous êtes... étonnant, se décide-t-elle à dire, oui, c'est ça, étonnant, presque aussi imprévisible que sur un terrain. Et c'est peu dire...

– Je... je suis désolé, mes mots ont peut-être dépassé ma pensée mais franchement, entre son interminable monologue sur lui-même et ses piques répétées, il m'a fait perdre mon sang-froid.

– Oui, c'est ce que j'ai cru voir, sourit-elle, subrepticement. Mais c'est Raphaël, faut le prendre comme il est.

(Comme un gros con, c'est ça ?)

– Un peu séducteur, un peu focalisé sur sa personne mais pas bien méchant. Et si l'on oublie son côté dragueur narcissique, il est adorable... à condition de ne pas être sa petite amie, conclut-elle d'un rire spontané.

(Ai-je bien entendu ?!)

Je m'empresse de la rejoindre dans son hilarité, tellement heureux et soulagé que ce frimeur ne soit qu'un play-boy de pacotille à ses yeux. Soulagé mais pas tellement surpris au fond. Plus j'apprends à la connaître, plus je me disais qu'un type comme ça ne pouvait décemment pas lui plaire. Et pour une fois, je ne me suis pas planté...

Un court moment de silence succède à notre échange.

Les mots de Nick me reviennent à l'esprit. *C'est pour cela que si toutes les planètes sont alignées, vos qualités communes peuvent déboucher sur une belle histoire. Tout comme cela a été le cas pour ma femme et moi.*

Je me lève, aussitôt, de ma chaise.

– Vous permettez ? J'en ai pour quelques instants.

– Euh... oui, bien évidemment.

Direction les toilettes pour avoir un moment de solitude et de réflexion.

Notre soirée en tête-à-tête, notre connexion naturelle, Raphaël hors course, plus le sentiment qu'il s'est passé quelque chose au moment de la chanson d'Amir, peut-être bien que l'on arrive au moment où toutes les planètes sont alignées. Mais comment le vérifier ? Ou plutôt –car la réponse est évidente – comment se donner la force d'aller le vérifier ?

Je prends une grande inspiration, puis expire longuement. Le processus est répété plusieurs fois, jusqu'à trouver un minimum de cran. Me voici prêt, définitivement prêt à lui déclarer ma flamme.

La porte s'ouvre, le chemin me menant à elle est

emprunté avec ~~fébrilité~~ allant et détermination mais tout aussi vite, j'exécute un demi-tour éclair et fais mon retour aux toilettes. L'angoisse est trop forte...

Nouveaux exercices de respiration. Je m'encourage en me donnant une petite tape sur la cuisse. Il faut parfois un coup de folie pour bâtir son destin et c'est à moi de l'initier.

La porte est à nouveau franchie, les mètres me séparant de la table sont cette fois bien avalés. Je m'assois ; elle me sourit. C'est le moment de se jeter à l'eau.

Une grande inspiration est prise.

Au même instant, sa fourchette tombe à mes pieds. Je me penche aussitôt pour la ramasser, mais au moment d'atteindre la cible, un craquement dans le bas du dos me foudroie sur place. Un cri de douleur résonne à travers tout le restaurant.

Tous les yeux se dirigent vers moi, enfin plutôt vers mon derrière car me voilà immobilisé à quatre pattes, près de la table, avec une douleur abominable et l'impossibilité de me relever.

– Ça va, Roger ? me demande, soucieuse, Élisa. Qu'est-ce qui vous arrive ?

Un sourire – ou plutôt une grimace – lui est offert en guise de réponse.

– Je crois, rétorqué-je, que je me suis bloqué le dos.

– Mince alors, vous pouvez vous mettre debout ?

– Ça va être compliqué, je pense.

Dans la foulée, le serveur et un client de la table voisine viennent m'aider à me relever, par étapes et tout en délicatesse, sous le silence de l'assistance, captivée par ce moment.

Une fois remis debout, Élisa part au bureau chercher des anti-inflammatoires, puis revient tout aussi rapidement. Le médicament est ingurgité, mais le temps qu'il fasse effet, j'ai le temps de déguster.

– Vous êtes venu en voiture ? me demande-t-elle soudain.

– Euh non, en bus. Mais je vais aller commander un taxi pour rentrer.

– Hors de question ! réagit-elle. Vous avez vu dans quel état vous êtes ? Je vais vous ramener en voiture.

Je proteste pour la forme, mais elle ne change pas d'avis. L'addition est ensuite demandée au serveur, puis réglée par mes soins.

Quelques instants plus tard, Élisa part chercher sa voiture.

En attendant, je traverse la salle au ralenti, à l'aise comme une momie.

– T'as vu, maman, y a le monsieur nul du tennis qui marche comme un pingouin, retentit une petite voix bien trop reconnaissable.

Blasé, je tourne la tête et aperçois le petit démon, assis en compagnie de sa mère. Un petit sourire compréhensif est adressé à sa génitrice, (encore) bien gênée, suivi d'un (discret) regard haineux à l'intention du mouflet.

Quand ça veut pas....

CHAPITRE 42

Les cent mètres menant à la voiture d'Élisa sont une vraie torture. Fort heureusement, la Belle s'est mise en warning, juste à la sortie du club, et le siège passager a été érigé en mode « transat ». De longues minutes me sont nécessaires pour me plier en deux et m'installer. Une expérience encore plus traumatisante que d'écouter une anecdote de Marc, c'est dire...

Dix minutes plus tard, nous voilà au pied de mon immeuble.

– Merci pour tout, Élisa, et désolé pour cette fin de soirée.

– Vous n'y pouvez rien *(pause)*. Mais... mais vous allez réussir à rentrer chez vous ? me dit-elle en constatant ma difficulté à sortir de la voiture.

– Oui, ça va aller, soufflé-je, épuisé, après avoir miraculeusement réussi à me mettre debout. Je vais juste prendre mon temps pour monter les escaliers.

Elle prend un temps de réflexion.

– Vous avez quelqu'un chez vous pour vous aider ?

– Absolument pas, m'empressé-je de répondre pour confirmer – sait-on jamais – mon célibat.

– Bon, je vais vous aider à rentrer chez vous. Ce n'est pas humain de vous laisser dans cet état.

Un sourire plein de gratitude lui est délivré.

Si on m'avait prédit que la soirée se terminerait chez moi à sa demande, pas sûr que je l'aurais cru...

La direction de mon appart est ainsi prise avec, comme objectif, le deuxième étage. Marche après marche, la ligne d'arrivée est (péniblement) atteinte, puis ma clé est sortie et nous entrons chez moi.

Fort heureusement, les différentes pièces ont été rangées. Élisa s'affaire aussitôt près du canapé, dispose des coussins aux endroits stratégiques et m'aide à m'installer. Bonté et beauté réunies au sein d'un même corps, cette femme est un cadeau du ciel.

Elle s'assoit en face de moi.

Malgré l'étrangeté de la situation et mon inconfort physique, notre discussion se réenclenche, naturellement, spontanément, de manière aussi fluide et relâchée que lors de notre premier tête-à-tête au bureau.

Sans crainte de son jugement, je m'ouvre pudiquement sur ma vie, mon entourage, mes envies, sans oublier de distiller quelques anecdotes personnelles la faisant beaucoup rire. La connexion est fluide, l'instant est magique, mais au bout d'un certain temps, la douleur redevient très aiguë.

– Ça ne vous dérangerait pas d'aller dans la salle de bains et de m'apporter la boîte à médicaments ? lui demandé-je. J'ai des anti-inflammatoires dedans et je vous avouerais que ça me ferait du bien.

– Oui, bien évidemment. Où sont-ils ?

– Dans le placard, grimacé-je, après un nouveau

spasme. Vous n'avez qu'à traverser la cuisine, la salle de bains se trouve juste à côté.

Elle part dans la direction indiquée, puis au bout de quelques instants, une voix étonnée, venant de l'autre pièce, me parvient aux oreilles.

– Eh bien, dites-moi, vous êtes un grand collectionneur.

Je souris intérieurement. Elle a dû voir ma carte de France en magnets avec l'intégralité des départements sur le frigo. Impossible de passer à côté et de ne pas s'y attarder.

– C'est vrai, dis-je fièrement, mais ça a été un long travail pour tout réunir.

– Oui, j'imagine... cela n'a pas dû être simple à trouver, s'époumone-t-elle au loin.

– À qui le dites-vous ! Il m'a même fallu aller dans des endroits improbables ou des sites spécialisés pour en dénicher certains.

– Ah...

– Mais à un moment donné, m'enthousiasmé-je, on se prend tellement au jeu que ça en devient une obsession.

Le bruit de ses talons se rapproche du salon.

– D'où l'immense satisfaction lorsqu'on arrive au bout, continué-je. Pas sûr qu'on trouve ça chez tout le monde.

– Je veux bien croire, me répond-elle en me rejoignant avec une boîte pleine de quéquettes en tout genre dans les bras.

(...)

La boîte à bites de Norbert !

Avec tous ces cadeaux entassés.

Bon Dieu, elle parlait de ça.

#HonteUltime

Je m'affaisse encore plus dans le canapé. Élisa, mi-perplexe, mi-amusée, alterne entre des coups d'œil dans ma direction et vers cette boîte, riche d'éléments (très) variés.

– Tout... tout ça m'a été offert à différents anniversaires par mon meilleur ami, me justifié-je. Vous savez, Norbert, je vous ai parlé de lui, tout à l'heure.

– Ah bah, écoutez, il a un goût certain pour les cadeaux et même une certaine continuité dans ses choix qu'il faut saluer, dit-elle en souriant.

– C'est sa manière d'être, concédé-je, on ne pourra pas le changer. *(Silence.)* Et comme je n'allais pas jeter ses cadeaux, ils ont été cachés dans l'armoire pour que personne ne tombe dessus.

– Pas de chance, rigole-t-elle franchement, ça n'a pas trop marché avec moi.

Je baisse la tête.

– Je suis confus...

Un ange passe.

– J'étais persuadé, en plus, que vous me parliez de la carte de France sur mon frigo.

– Celle avec les magnets Père Dodu.

– Euh, non, c'est Le Gaulois.

– Comment ?

– Non, non, rien. Je disais seulement qu'on s'est mal compris. Vous me parliez de... de ça *(je fais un mouvement de menton en direction de la boîte aux horreurs)* pendant que je vous répondais sur ma collection de magnets.

– Bon, me voilà au moins rassurée, sourit-elle. Vous n'êtes pas un gros pervers ayant une passion irraisonnée pour les sexes masculins.

– Oui, c'est sûr...

– Au moins, on ne s'ennuie pas avec vous, il est toujours difficile de prévoir le scénario à l'avance.

Ne sachant pas trop s'il s'agit d'un compliment ou d'un reproche, je me contente de lui décocher un sourire neutre. Au moins, s'il y a eu ambiguïté avec cette « trouvaille », elle a vite été levée.

– En attendant, poursuit-elle, je vais aller vous chercher l'autre boîte. La bonne avec vos anti-inflammatoires. Vous êtes sûr qu'il n'y a rien d'autre qui traîne ? Une boîte de dessous féminins ? Une collection de menottes ? De fouets ?

Un sourire (beaucoup) plus large le lui confirme. Elle part vers la salle de bains, puis revient assez rapidement avec le bon butin. Le comprimé est avalé et le quiproquo de tout à l'heure vite oublié.

Nous repartons sur d'autres sujets de conversation, amorcés cette fois-ci par la Belle. Elle s'ouvre elle aussi sur sa vie, ses envies, ses projets. C'est tour à tour surprenant, touchant, passionnant ou émouvant. Comme l'impression que le temps s'est suspendu, que nous sommes seuls au monde, qu'aucun de nous deux n'a envie que ça s'arrête. Mes douleurs, en plus, ont été calmées par le médicament. Peut-être est-ce à nouveau le moment idéal pour lui avouer mes sentiments, sans peur irraisonnée et sans trahison de mon corps, sans doute épuisé par ces derniers jours.

Une grande inspiration est prise.

– Élisa, je voulais vous di...

Le téléphone fixe m'interrompt.

Ce n'est pas possible... mais qui appelle à cette heure ?!

Je ne vois qu'une seule personne...

– Vous voulez que je vous apporte le combiné ? me demande la Belle.

– Non, non, laissez tomber. Celui ou celle qui appelle va bien se rendre compte qu'il n'y a personne et raccrocher.

Sauf que lumbago oblige, je n'ai pas pensé à éteindre le répondeur. Celui-ci se met aussitôt en route avec mon texte détourné de *Mission impossible*, mais ce n'est pas ça qui m'inquiète le plus.

Ce qui m'inquiète le plus, c'est de savoir si ma mère, à coup sûr derrière cet appel, va finalement raccrocher ou laisser un message. Et si c'est le cas, va-t-elle être soft ou trop en dire ?

Hors de question de prendre ce risque.

– Finalement, pouvez-vous me passer le combiné, Élisa ? Je vais répondre, cela sera mie...

Trop tard, une voix speed retentit sur le répondeur.

Chaton, c'est moi...

(Bon Dieu !)

A priori, tu n'es pas rentré de ton rendez-vous. J'espère qu'il se passe bien.

Une prière silencieuse est faite pour qu'elle n'en dise pas plus.

Mais franchement, après tout le mal que tu t'es donné, après t'être remis au tennis, avoir pris des cours, fait le tournoi, tout ça pour la séduire.

(...)

J'espère que cette demoiselle se rendra compte de la chance qu'elle a et qu'une fois ensemble, tu me la présenteras. Gros poutous, mon fils, et n'oublie pas de m'appeler pour tout me raconter !

Elle raccroche.

Silence de mort dans la pièce.

Dans *Star Trek*, le capitaine Kirk et son équipage pouvaient se téléporter, n'importe où et n'importe quand sur d'autres planètes. J'aurais tout donné, à ce moment-là, pour avoir cette même possibilité.

Ma tête se lève timidement vers elle. Elle me fixe, songeuse.

– Vous vous êtes vraiment remis au tennis pour moi ? me demande-t-elle, interdite.

(Perdu pour perdu, autant tout déballer.)

– Oui, dis-je, penaud. Je vous ai croisée dimanche dernier, lorsque vous alliez au tennis, et j'ai alors décidé de vous suivre et de m'inscrire dans le même club que vous.

Elle ne dit rien.

– De la même manière, continué-je, j'ai pris ensuite des cours particuliers avec Nick pour me remettre à niveau et ne pas être ridicule pour le tournoi de double.

– Et... et vous saviez que nous allions jouer ensemble ?

Je ne pipe mot et deviens rouge écarlate.

– D'accord, je comprends, dit-elle en hochant lentement la tête. Sacré Nick... *(Longue pause.)* Et votre aide au bureau du club ?

– C'était également pour être à vos côtés, avoué-je. Je n'osais pas vous aborder, ça m'a semblé le meilleur moyen de faire votre connaissance.

Un nouveau silence s'installe dans la pièce.

Soudain, elle se lève de sa chaise, prend son sac et s'approche de moi.

– Vous avez l'air d'aller mieux, Roger. Je vais vous laisser et rentrer chez moi.

Une chape de plomb s'abat sur moi. Voilà, c'est fini, mort, foutu avant même d'avoir démarré.

Non.

Non, ce n'est pas possible.

Avec l'énergie du désespoir, je m'extrais douloureusement du canapé, puis m'approche d'elle.

– Je suis désolé pour tout, Élisa. Mais quand je vous ai vue pour la première fois, cela a été un tel torrent d'émotions que tout a été fait à l'instinct. Il était inconcevable pour moi de vous laisser vous évaporer, de ne rien faire, de ne rien tenter, de ne pas chercher à vous connaître.

Elle me dévisage, muette.

– Alors, oui, c'était parfois maladroit, oui, c'était parfois « arrangé », oui, c'était parfois n'importe quoi, m'exalté-je. Mais tout a été fait avec le cœur. *(Pause.)* Et Dieu sait que mon cœur bat fort pour vous !

Tout est sorti, spontanément, sans retenue, sans filtre.

Mais bien trop tard.

Pourquoi ne lui ai-je pas tout avoué plus tôt ?

Stoïque, elle fait un pas dans ma direction, puis un second, avant de me déposer un... délicat baiser sur les lèvres, me laissant tout bouleversé.

– Oui, Roger, c'était maladroit mais tellement touchant et romantique.

Elle griffonne aussitôt quelque chose sur un bout de papier.

– Voici mon numéro. N'hésitez pas à m'appeler. Pour un dîner ou même un tennis.

Dans la foulée, elle m'offre un magnifique sourire, puis disparaît comme par enchantement, comme si tout ceci n'avait été qu'un rêve, un formidable rêve, un inatteignable rêve, devenu maintenant réalité.

Nous voici au début de notre idylle, elle et moi, nous deux, pour la vie, à tout jamais.

♫ Mon cœur te dit je t'aime,

Il est perdu sans toi,

Mon cœur te crie je t'aime,

À chaque fois qu'il bat ♪♪

ÉPILOGUE

Seuls sous ce panorama unique, nos doigts entrelacés forment une connexion indéfectible, un lien tissé par le désir et la complicité. Le paysage est irréel, tout comme notre amour. Un ciel azur s'étendant à l'infini, des rayons du soleil filtrant à travers les cimes, des fleurs sauvages éclatantes en couleurs et des oiseaux traçant des arabesques dans une symphonie silencieuse, tel est le paradis dans lequel Élisa et moi vivons notre passion au grand jour.

Soudain, un bruit sourd retentit.

Au cœur d'une nature indomptée, une majestueuse cascade surgit, rugit même avec une énergie effervescente. Son débit puissant évoque la force indomptable de notre amour, mais commence inexplicablement à se tarir, à se transformer en un mince filet d'eau, puis en un goutte-à-goutte.

Mais... mais...

Ma promise et moi ne comprenons pas, jusqu'à ce qu'un bruit de fermeture éclair me ramène à la réalité.

Je me réveille en sursaut et découvre Norbert, en train de conclure sa partition aux toilettes, juste en face de ma chambre, ouverte. Il se retourne et m'aperçoit, réveillé.

– Salut ma couille, bien dormi ?!

Je fais un grand geste d'exaspération en sa direction,

puis lui intime de refermer la porte.

– Oh là là, l'humeur de chien ! râle-t-il en s'exécutant.

Norbert, ce bon vieux Norbert, de retour chez moi après s'être de nouveau fait mettre à la porte par Sandrine. Une vraie bénédiction...

Mais immédiatement, une bouffée de bonheur vient chasser ma mauvaise humeur, une bouffée nommée Élisa. Trois mois aujourd'hui que nous avons échangé notre premier baiser. Trois mois que nous nous découvrons un peu plus chaque jour et que nous sommes plus amoureux que jamais.

Hier soir a encore été un moment magique.

Trouver le grand amour – une quête à laquelle je ne croyais plus – est finalement arrivé, le jour de mes cinquante ans. Comme quoi, il ne faut jamais désespérer.

Le téléphone fixe se met soudain à sonner.

Élisa ? ♥♥

Je me précipite hors de ma chambre, mais Norbert a déjà décroché.

Décidément très à l'aise chez les autres, ce garçon...

– C'est qui ? lui demandé-je, impatient.

– La femme de ta vie ! répond-il, en me tendant le combiné.

Un grand sourire vient s'imprimer sur tout mon visage. J'attends patiemment qu'il quitte la pièce, colle le téléphone à mon oreille et ouvre une nouvelle fois mon cœur.

– Tu me manques déjà, ma chérie. Tout était si merveilleux, hier soir : ton visage, tes lèvres, ta peau, tes...

– Mais... mais mon Dieu, Roger, qu'est-ce que tu raaaaaaaaaaaacontes ??!!

(...)

– Ma... Ma... Ma-man ?!

Couverture : Yannick Grossetête
Éditrice : Delphine Dubois
Relecture : Hélène Fitamant Gaudin
Mise en page : Daphné Lusson

Imprimé en France par Printcorp

ISBN 978 249 240 008 7